Ludwig Weibel
Beglückungen und Visionen
Der Ehrengang zu deinem wundervollen Gottesziel

Books on Demand

Bibliographische Information der Deutschen Nationalbibliothek. Die Deutsche Nationalbibliothek verzeichnet diese Publikation in der deutschen Nationalbibliographie, detaillierte bibliographische Daten sind im Internet über http://dnb.dnb.de abrufbar.

© 2016 Autor: Ludwig Weibel
Herstellung und Verlag:
BoD – Books on Demand, Norderstedt
ISBN 9783741275425

Ludwig Weibel

Beglückungen und Visionen

Inhalt

Ich Bin die Mitte der Ereignisse
5

Kabinett der guten Hoffnung
29

Fest der Herzensfreude und Genesung
55

Alabasterreine Hügel
81

Der Bewusstheit auserlesne Qualitäten
107

Garant für Schönes
133

Einwenig Zittern und Zagen
157

Ich Bin die Mitte der Ereignisse

1.1

Wer sich vor Meinen Augen aufmacht um im Menschlichen und Redlichen ein Ass zu werden, dem komme Ich mit einer eminenten Geisterschar zu Hilfe wo es nottut und wo der gute Wille seinssalubre Förderung erfahren soll. Du bist noch viel zu kleinlich, wenn es darum geht, bedrückende Verhältnisse mit deinem Beitrag auszugleichen, damit dein Bruder, deine Schwester unbesorgter leben kann. Was du dabei von Mir empfindest ist ein Glücksgefühl das sich mit keinem anderen vergleichen lässt im allmenschlichen Agieren.

Direkte Solidarität hilft vielen Wesen weiter: Den Spendern im Erlernen von Grossherzigkeit, von Mitgefühl wie vom Erkennen der Probleme die im sozialen Umfeld massenweis bestehn. Den Empfangenden jedoch verschafft die Gabe, Linderung der Not. Sie lernen dankbar und beglückt zu sein in ihres Lebens wechselvollen Situationen.

Ob minder oder mehr begütert, der Eingeborene muss sich nach seiner Decke strecken und versuchen aus allem was er hat das Allerbeste und Bekömmlichste herauszuholen. Dabei erweist es sich naturgegeben für den Einzelnen bedeutungsvoller, das was er *ist* als was er hat, zu pflegen und dabei zu wahrer Grösse und Erhabenheit heranzuwachsen. Es gesellen sich die Gleichgesinnten gern zusammen und verfolgen ihre Pläne als Gemeinschaft kraftvoll und aufs Äusserste entschieden. Als der Bedeutendste jedoch Bin Ich zu halten, weil Mir die Fülle dessen zukommt was da *ist* und was Ich Mir als alles überragendes Genie geschaffen habe. Das macht Mir niemand nach. Es stellt Mich in die Mitte der Ereignisse seit ungezählten Generationen. Merk dir das und trau dem guten das Ich mit dir will und das in dir zum Zuge kommen soll in Sachgebieten wie in Liebeshändeln, in Sammlungen von Macht und Grösse wie in der Demut vor dem Herrn der Welten der mit dir äonenlang zu immer neuen Zielen und Erfolgen die Beglückungen und Visionen impulsiert.

1.2
Hast du gesehn wie rasch verschwinden kann was eben noch so unentbehrlich und bedeutend schien? Du bist im Innersten betroffen und endest trost- und fassungslos in einem Tränenmeer. Was ist mit dir geschehn? Dein Weltbild ist zerstört. Du stehst vor seinen Trümmern, fassungslos und elend ohne Hilfe, ohne Konsolation.

Allmählich kommst du zur Besinnung auf dein Schicksal, was da bedeutet: Ich der Vater aller Dinge besinne Mich in dir. Da heisst es schleunigst aufzuräumen mit verheerenden Gedanken, die in dir und meilenweit um dich herum ihr eigensinniges Spektakel treiben. Du beginnst das Heft des Lebens selber an die Hand zu nehmen was da sagen will, dich so geziemend aufzuführen, dass es eine Freude ist dich zu begleiten auf dem Ehrengang zu deinem wundervollen Gottesziel.

Dein Geschick verflattert nicht mehr wie die Spreu im Winde, sondern segelt wie des Aars entzückende Gebärde federleicht durchs sonnenglänzende Ätherium dahin in hellen Freuden ob dem seelenvollen Sein das ihm beschieden. Du nimmst dein Schicksal an und modulierst es zielbewusst zu einem Kunstwerk erster Güte an welchem deine Kleinwelt ebenso wie Meine, alles überragende und überschauende, die hellste Freude finden kann. Das ist dann die Erfüllung Meiner Pläne für das Wesen deiner Feinstruktur auf eine Art und Weise die zur Billigung von Erd und Himmel führt und die sich auf das Allerzärtlichste und Liebevollste, Panhumanste und Erhabenste in dir vereinen.

1.3

Kapital ist, wenn du dich zur Verwirklichung des Guten aufgerafft und durchgerungen hast. Du magst so viel wie keiner weit und breit in deinem Fache reüssieren, geschieht es nicht in Meines Namens Zugkraft und Regie, muss es als Null und Nichts fürs Ewige betrachtet werden. Es gibt recht viele geistige Gewalten, die sich ob deinem seinsnaiven Tun ins Fäustchen lachen; doch du sollst ständig an dir wachsen so dass sie dir nichts Schädliches und Zwitterhaftes antun können.

Kraftvoll, licht und leise stehe Ich dir bei in allen Lebenssituationen, wo immer du's geschehen lässest, dass Ich dich nach Meinem Gusto und unendlichen Vermögen höhwärts führe. Dein Dasein soll sich wie ein steter Lobgesang an Mich und Meine höchst illustre Helferschar vollziehn. Das beweist dann, dass es immer möglich ist ein Leben in Beharrlichkeit und Harmonie in der holdseligen Vertrautheit mit dem Ewigen zu führen.

Mich legt man nicht hinein, doch wer sein ganzes Sein und Trachten Meinen weisen Händen anvertraut, der wird schlussendlich Meine hohe Gunst und Güte, Weitsicht und Weltoffenheit erfahren.

Gar viele Dinge sind für dich noch neu und müssen dir bewusst gemacht und schmackhaft von Mir vorgetragen werden, damit du sie ergreifst und mit ihnen Handel treibst im Sinn des Ewigen. Köstlicher und konsequenter ist Mein Rufen als der silberhelle Vogelsang am frühen Sommermorgen. Vernimmst du ihn, beginnst du zu begreifen welche Schönheit in der Gottgefälligkeit und würdigen Verbundenheit mit dem Unendlichen liegt. Die kann ich dir bestätigen aus der Liebewärme und Gelassenheit des seinserhabenen Erklärens.

1.4
Mobilität ist auch in Sachen Geisteswissenschaft und Gottesgüte angesagt als von Mir begründet und für alle Wesen durch das All getragen. Diese schwingen förmlich durch das Äthermeer das Ich Mir Bin und dem sie ihre veritable Lebenskraft und ihren faszinierenden Elan verdanken.

Die freie Sicht auf was Ich Bin und was du Bist verschafft dir des unendlichen Beglückens und Begabtseins Harmonie mit des Himmels namenloser Fertigkeit, Prosperität und Prophetie. Es erfüllen sich die Sagen und Versprechungen die Ich den Menschen gab in vielbeachteter und vielgeschätzter Weise auch an dir. Du brauchst dich nur nicht zu genieren diese dankbar und gelassen anzunehmen und nach Kräften in der Runde der Versehrten zu verteilen damit auch diese wieder meiner Wohlgesinntheit inne werden.

Handelst du nach den Gesetzen die Ich dir als hochverehrter Vater und Verkündiger vergab, beginnst du eine ganze Welt nach Meinem Sinn und Hofrat zu gestalten. Es ergeben sich Veränderungen, neue Werte und Beglaubigungen erster Güte, die allesamt gar weit und köstlich in den Freudenhimmel ragen.

An Meinen klargesichtigen Konzepten brauch Ich nimmermehr zu rühren. Es verwirklicht sich in kleinen oder riesengross gesetzten Schritten vor dem Staunen derer die gerade inkarniert sind für ein Weilchen. Aus den Augen aller aber leuchtet Mein beseeltes Weltempfinden und verwandelt viele Wüsteneien in reich blühende Oasen reiner Menschlichkeiten die in der Gottheit wurzeln und sie ihr entgegenrecken, siebenselig, traut und wunderbar.

1.5

Klar und heiter sei dein forschendes Gemüt, der Welt und damit Mir entgegen. Wie vollzieht man das, wirst du Mich fragen? Und Ich sage dir: Indem du dich spontan und ohne jeden Vorbehalt in Mein Über-dich-Verfügen stellst in wunderbarem Wohlgeraten. In dieser Weihung ans Unendliche liegt die bedeutungsvollste Würze, Wohlfahrt und Bedeutung deines Lebens. Du agierst, von Mir und Meinem Liebesstrom durchdrungen, mit schlafwandlerischer Sicherheit in Meinem wie dem Weltensinne in gottseligem Erklingen. Es fallen dir die besten Früchte zu aus Meinem Reichtum und Begaben, Meiner Unerschöpflichkeit und ewigen Jugend im gottesgeistdurchlichteten Allhier.

Du bist, von Mir begabt und inspiriert, bewandert in den feinsten Künsten die da sind: Die freudestrahlenden Akkorde heitern Musizierens, der Poesie zutiefst gefälliges Geflitter wie des Farbenformens seelenvolle Perspektive die allesamt Mein Reich in deine Herzensmitte tragen. Damit aber sind die

Künste mit der Mission begabt der Menschenwelt den langersehnten Frieden wie die Wohlgestilltheit zu bescheren die das Paradiesische mit grösster Selbstverständlichkeit im Alltagsleben etablieren.

Wie sollte das was eines Gottes Wille, Wehrkraft und Vollzug bedeutet nicht mit unverbrüchlicher Bestimmtheit wirklich werden, wo sie doch im Grunde aller Seelen ihren Wohnsitz hat von dem sie wirkt und waltet in vollkommen gottbegnadeter Manier.

„Dein Wille sei der Meine", sollst du ständig bittend beten, damit die Prophezeiung sich erfülle: Mein Sohn bist du und Meine vielgeliebte Tochter an des guten Hirten Hofe, die sich in des Freiseins Überschwänglichkeit und Kontinuität durch ihr eklatantes Menschensein bewegen dürfen. Es ist das Meine das sich wohlgefällig, liebevoll, wahrhaftig und belebend durch die Wesen aller Art bewegt und sich in ihnen offenbart als *DAS,* wovon die grössten Geister aller Zeiten singen, sagen und darin das All aufs Köstlichste verstehn.

1.6
Die Geschichte kann auch köstlich enden, wenn du nur die Gnade hast dich im freien Unterscheiden und Entscheiden ganz nach Meinem Gusto und Gefallen durch dein Leben zu bewegen. Da ist es dann als ob nur *Ich* Mich noch bewegte um all die Ideale zu erfüllen, die Ich Mir als erstrebenswert erdacht und ausbedungen habe. Allwo das nicht so ist verkünde Ich den Satz: Die Weisheit kann nicht aus sich selber fallen. Alles noch nicht ganz Erreichte wird vom schon Errungenen erhöht bis es sich sonnen kann im

Paradiesischen von dem die Wesen alle sehnlich träumen.

So stimmt was Ich in Meinen Schriften offenbart und festgehalten habe: Das Schräge wird gerade, die Hügel hüpfen sich zutal und die Gestrandeten beginnen sich im Meerschaum reinzubaden.

Beginnst du Meine Art des Raisonierens zu begreifen, begreifst du auch wie logisch sich Gedanke an Gedanke wunderbar ins Ganze fügt, das sich als eine Unité de doctrine unaufhaltsam in des Alls Verbindlichkeit verbreitet. Da tut sich *eines* kund des Seins das alle *sind* und dem Ich selbst bei allem unerhörten Dividieren nicht ein Jota beizufügen habe.

Mein Milieu ist das Vollkommene an sich das weder Klage noch Klamauk in seinem reinen Geiste duldet und jedes Sich-Verzögern durch das schon Entschiedene vermeidet. Auf diese Weise muss Ich Mich vor keinem Abfall fürchten, weil sich dieser allsogleich und unbedingt in einen Aufwall erster Güte und Gerechtigkeit am Sein verwandelt, Meiner gottgesegneten Doktrin gemäss. Urewiges Freisein im Unendlichen ist demgemäss die Folge aller Meiner Siegestaten und das Glück der Stunde gleicht der Seinsbeglückung im Unendlichen aufs Haar.

1.7

Ist der Ansatz klargesichtig und entschieden formuliert, so kann es am glückseligen Ausgang nimmer fehlen. Sowie Ich dich mit Meiner veritablen Gegenwart umsteh vermagst du Ausserordentliches und Bewundernswertes zu erreichen. Ich fülle auf wo Myriaden Sonderlinge ihren Kelch konstant entleeren und werfe an was unter ihren schmächtigen

Armen stille steht. So ist es ratsam Mich mit ausgesuchter Höflichkeit und Achtung zu beehren, damit der Gang der Dinge sich nicht unbewusst ins Mittelmässige verfährt.

Nützlich ist in Meiner Hemisphäre was in deiner noch beständig sticht und stichelt dem moralischen und monetären Untergang entgegen. Auf deiner Bank liegt allzuvieles noch im Argen, derweil es auf der Meinen blanke Zinsen zieht und das erhebt was sich bei dir erniedrigt ohne dass du's nötig hast nach dem Warum zu fragen.

Ich kann dir eben nur in Fällen helfen wo du Mich um Inspiration, vertrauensvolle Nähe und währschafte Hilfe bittest, selbst noch in deinen letzten Zügen. Ich schwimme ständig obenauf, derweil du ohne Meinen Handgriff sang- und klanglos untergehst im Wellenbad der cleveren Gewinner auf dem Lebensplan. Sei gewiss, dass Mir dein Fall bekannt ist bis in seine feinsten, letzten Gründe und Begründungen und lasse dich aus diesem Grunde voll Vertrauen von Mir in die Weiten des Unendlichen entführen. In dem Momente wird Mein Zauberspruch dich zur Verwandlung führen, wo du Meiner dich erinnerst und dich unter der Ägide Meiner Philosophie der Freiheit und des Friedens durch die Lebenszeit bewegst. Der Himmel ist dir näher als du denkst und seine Türen sind dir offen, wenn du nur die Gnade hast hindurchzugehen um die Vielfalt Meines Reiches zu erschauen und das Glückselige in seinem Bannkreis hautnah zu erleben.

1.8

Dem Sang der Vöglein lauschend gehst du wie im Traum einher und darfst dabei im reinen Glücke schweben, das Ich dir liebevoll gewähre. Vertrau Mir deines Herzens tiefste Sehnsucht an, damit Ich sie erfülle mit unendlichem Geläute wie mit der Läuterung die zu empfangen du erwartungsvoll gediehen. Was hast du nur an dir, dass Ich dich so verwöhne? Was ist der Grund für Meine all so liebevolle Intervention? Das ist, weil Ich in dir Mich selbst erkenne als das bräutlich eingefasste und geschmückte Gegenüber, dem Ich Meine grösste Huld erweise und allgöttliche Gewähr.

In dir will Ich der Welt die Grazie der himmlischen Unendlichkeit erweisen, die ihr als ein von Mir Geschaffenes in inniger Liebe auch gebührt. Es ist ihr Vorrecht, dass Ich unermessliches Erbarmen für ihr Sein empfinde wie für das Leid das ihrer Lernbedürftigkeit entspringt und ihrem An-sich-selbst-zuviel-Gefallen-Finden.

Was tu Ich nur um ihrer selbstgefälligen Natur den bittern Stachel wegzunehmen? Ich führe sie zur Einsicht, dass sie Mir zutiefst verwandt ist und vermählt mit einer Innigkeit und Grazie vom höchsten Rang und Namen.

Ich unterweise diese Schau der Dinge mit bedachter Weisheit wie mit der Berufung zum Erlösen und Erretten einer unermessnen Schar. Es sind die Gegenwärtigen wie auch die Kommenden die unterrichtet werden müssen um des Seelenheiles Willen, das ihnen sonst entgeht. So vielen Darbenden beschert die Einsicht in Mein Geisteswesens Aktualität und Abergründlichkeit die

Überzeugung, dass sie auf Erfüllung ihrer kühnsten Wünsche hoffen dürfen. Ihnen klärt sich das Bewusstsein auf von des Gottes Geistigkeiten die in ihnen wohnen und dazu befähigt sind, ihr Sein dem absoluten Guten zuzuwenden das da *ist* und das gewonnen werden kann durch guten Willen, Meisterschaft im Dienen und Verehrung dessen was Ich Bin und was sie *sind* in ihrem götterlichten, präziösen und bewundernswerten Universenwesen.

1.9
Geh in dich und rühre dort den Zauber auf, den Ich dir aus Ewigkeiten mit auf deinen resoluten Lebensweg gegeben. Ich bin gespannt auf das was du dir leistest an gedankenvollen, hellbewussten und bemerkenswerten Taten, die allesamt auf Mein berühmtes Weltenkonto Einfluss haben. Immer geht es Mir darum den Menschenvölkern zu erklären wie sehr sie für ein Ganzes sich verwenden sollen, das Ich Bin, in allen ihren Funktionen, Staatsaffären, Investitionen und Verschleuderungen, Kunstgriffen und Bestätigungen ihres Könnens um sich her.

Wie gewandt auch immer sich die Einzelnen betätigen, muss es ihnen ganz zuerst daran gelegen sein im Weltensinne aufzutreten, um Mein Soll und Sichten, Meine Kompetenz und Machart zu erfüllen ohne nach dem Aufwand und der Zeit dafür zu fragen.

Ich mache stets mobil wo andere dazu tendieren ihre Händchen in den Schoss zu legen. Meine Stärke ists, den Schwachen Geistesstösse zu verpassen die sie dazu fähig machen so zu wirken wie es ihrem Staat und Status angemessen ist. Das bedingt ein kluges, sittenstrenges Austarieren ihrer Situation sowie Geduld und Seinsvertrauen masslos und gediegen.

Der Gewinnende Bin immer Ich, selbst in den gewagtesten und ausserordentlichsten Operationen. Das versetzt dich in die Lage Mir wie keinem andern anzuhangen und damit zu reüssieren und bedeutende Erfolge einzustreichen. Unzählbar sind Meine Grade und nicht abzusehn die Leistungen die sich bereits auf Meinem Konto angesammelt haben. Du magst noch dies und das, wohin du immer willst, verschieben, die Summe dessen was Ich Bin bleibt immer gleich und äussert sich in der Gelassenheit und Würde, Makellosigkeit und Generosität die Ich allüberall verströme.

1.10

Maja ist was du dir vor die Nase setzest um noch fetter, folgenreicher, tendenziöser und gefürchteter zu werden. Diesen Mischmasch von Errungenschaften kannst du dir ruhig aus dem Kopfe schlagen, damit dort Raum wird für *Mein* Sinnen, Spinnen und Rumoren.

Erwarte keinenfalls, dass Ich Mich dir vergebe ohne jede Gegenleistung deinerseits, womit gesagt ist, dass alles seinen Preis besitzt und dieser ist in harter Landeswährung zu bezahlen.

Schlittle nicht hinein in düstere Affären, die dich mit Geschenkversprechen zu verführen suchen. Sie werden dir auf raffinierte Weise bare Münze aus der Tasche ziehn. Ihr Handel blüht und die Enttäuschten ziehen scharenweise an den Gauklern, Blendern und den in der Kunst des klassischen Betrugs Bewanderten vorüber, um gleich nebenan in eine neue Falle zu geraten.

Da könntest du den Spender alles Guten loben, der Ich Bin, und hinter dessen Fersen blanke Freude herrscht ob den empfangnen Gaben. Ich gestatte Mir dich an den Sermon zu erinnern, den Ich kürzlich vor versammelter Gemeinde hielt. Er lautet: Begegne jedem Wesen mit Respekt und zeige ihm niemals den Hintern, wenn er Güte und Gerechtigkeit von dir erwartet. In jedem, möge er mit noch so wenig Sinnkraft und Geschmeidigkeit dotiert sein, ist Meines Reiches Licht und Lehre, Sprungkraft und Lebendigkeit verborgen. Die müssen nur geweckt, manierlich umgewandelt und ans Tageslicht gezogen werden. Dazu bist auch du berufen in der Kameraderie, die du um dich verbreiten sollst in langen, wohlgeschützen Tagen. „Dazu verhelf uns Gott", ist eine Redewendung die auch dich im Innersten betrifft und der du Folge leisten sollst im sinnenden Gebete. Dein Verkehr mit Mir muss immer intensiver, glaubwürdiger, exakter und effizienter werden, damit dein Hiersein wahre Früchte zeitigt über deinem lobesamen Seinsbetragen. Sei des Gottes würdig der in deinem Herzen wohnt und betrage dich nach Recht und Ordnung, damit du innerlich gefestigt und, von Mir vor Unheil, Selbstverliebtheit und Gedankenlosigkeit bewahrt, einhergehst als ein Gesegneter mit Meines Geistes Gaben.

1.11
Bildung sei mit Riesenlettern vor dein Angesicht geschrieben, dass du ihr mit Eifer, Wohlverstand und Wonne nachgehst in der Fülle deiner Lebenstage. Es geht nicht an, dass der profunde Sinn des ganzen Schöpfungsrituals durch Unvernunft und Lahmheit

korrumpiert wird unter Meinen ewigen Augen. Wieso wohl hab Ich alles dies vollbracht was kreucht und fleucht und sich allüberall erhalten und vermehren will? Weil Ich die eigne Kompetenz und Tatkraft, Wohlfahrt, Genialität und Daseinsliebe durch die Schöpfung überhöhen will in ihren Werten und Beständigkeiten. Das kann nur durch Bildung seinsrecht geschehn indem das eine Seinspartikel von dem andern lerne was es sich an überragenden Ideen und Verwirklichungen angeeignet hat in vielen Generationen.

Du schweigst vor dieser Perspektive und bist doch unabänderlich gehalten in der einen, gültigen Perspektive das „ICH WILL" zu formulieren. Wenn *Ich* Mir schon in dir ein Gegenüber zugeeignet und erlesen habe soll es auch erblühn und wachsen, Früchte tragen und sich selbst erneuern bis ins Grenzenlose der Unendlichkeiten, denen Ich gewappnet und vertraulich gegenüber steh.

Mache was du willst doch trage ständig dazu bei deine Welterfahrung drastisch zu vermehren und in ihrem Glanz glückselig, selbstbewusst und mit Mir einig zu verweilen.

Was heisst Sorge tragen zu den Gütern die da *sind* und die ihr Recht zu sein aufs Trefflichste behaupten wollen? Sie sind mit Wohlverstand und Akribie beständig und gekonnt in ihrer Eigenart und Wesenskraft zu hüten, damit sie ihren Nimbus der Unsterblichkeit behaupten können. In dieser Attitüde aber sehe Ich Mich als das Sein schon seit Äonen und beeile Mich mit Meines Geistes Potential beharrlich und gewandt voranzuschreiten als in der Herrlichkeit des Meisters und der innigen Glückseligkeit mit ihm. Das ist Mein Ziel und Streben und soll auch deines sein in strahlender Bewusstheit, wunderbarer Liebe zu den Deinen wie in der Überzeugung, das ersehnte, sagenhafte und begeisternde Elysium im strahlenden Allhier erreicht zu haben.

1.12

Gesang, Gesang tritt auf: Halt ein und weihe dich dem Sein in das du königlich hineingeboren. Mit dem Faktor X soll das Begeistern über deinen Zustand angekurbelt und verrechnet werden.

Schlüssige Beweise sind in Meinem Falle nicht zu finden. Dass Ich Bin ist Meine höchst sensible, einzigartige Empfindung, deren Schmelz und Schmuck, Sinngedicht und Süsse Mir allein gehörig ist und zugleich allen geisteswachen Wesen, universenweit gesehn.

Im Hinblick auf das Seinsempfinden stilisiert die Sache sich zu einer wahren Tragödie, die sich in den simplen Worten offenbart: Man hat es, oder hat es nicht. Das Unterscheiden zwischen so und so bewirkt, dass das Menschliche Bewusstsein sich zwei Welten schafft, die Welt der Bodenständigkeit in irdischer Popanz die, aus dem Sein hinausgefallen, illusorisch ist, sowie die Welt des reinen Seins in kosmischer Erhabenheit, Durchdringung und All-Einheit, wahrer Wirklichkeit und voller Geisteswucht in allem ohne Zahl.

Dort wo *Ich* Mich als das Sein erkennen kann herrschen absolute Friedefertigkeit und allerreinste Harmonie im Bund der Wesen, die Ich selber Bin und die sich durch ihr blosses Dasein inniglich beglücken und beleben. Das Vollkommene in jeder Hinsicht ist ihnen selbstverständlich und sie brauchen sich in ihrer geistigen Potenz und

Seelenhaftigkeit um nichts anderes zu scheren. Terristrisches durchwebt das kosmisch Strahlende in Schemenhaftigkeit, Unwirklichkeit und Ungehörigkeit, welche trotzdem Sein vom Sein sind dargestellt in einer kosmischen Allegorie von unerhörtem Ausmass und Bedeuten.

1.13
„Seid umschlungen Millionen", kann eben nur vom reinen Sein geäussert und vollzogen werden, das Ich Bin, und das sich dir entäussert im Allgegenwärtigen und wunderbar Subtilen. Viel zu eingeschränkt ist deine Ansicht von dem Unermesslichen und Unerklärlichen, das *ist* im Überall der Sichtbarkeiten. Noch ungleich dezidierter präsentiert es sich im aberweiten Reich der Geisteskräfte, das sich über alles breitet was sich konstatieren lässt und was im Generellen wie im Speziellen frisch-fröhlich existiert. Dir kann Ich es ja sagen.

Vom Pharaonenland ins weltgeprägte Westliche wallt die uralte Sage von den Königskindern die ins völlig Unbedeutende verzaubert waren. Sie sehnten sich nach ihrer Herkunft wie nach ihrem Stande, ohne viel davon zu wissen. Das ist auch deine bitt're Lage, Mensch in deiner Selbstgefangenschaft, die vom Realen ins Okkulte reicht im unbewussten Wüten an den wunderbaren Seinsgegebenheiten die dir innewohnen.

So vieles wäre dir bewusst und majestätisch offenbar, wenn du nur Meine seinspolitischen Aspekte besser kenntest und in ihnen leben, schwadronieren und ehrwürdigen Handel treiben wolltest. Mich zu kennen ist denn auch der Gipfel aller Ehren, die du dir erringen kannst und mir zu folgen das Bedeutendste was dir geschehen kann in deines lüpfigen Lebens grandios gedachten Stil.

In Mir ist alles noch von namenloser Kontinuität und Liebenswürdigkeit geprägt, derweil in deinen grauen Gauen Brüche noch und noch und ungebührliche Prozesse und Exzesse, Kalamitäten und Fehltritte florieren. Was *Ich* packe, packe Ich von allen Seiten, Höhen, Tiefen und verinnerlichten Regionen an. Du hingegen traust dir ständig zu, noch mehr zu kennen und zu sein als Ich in deiner naseweisen Art die Weltendinge aufzufassen und dir damit alle Nöte zu verpassen, die da *sind* in deinem brachgescheuerten Revier.

Willst du endlich Meine Höhn ersteigen, winken dir von fernen Gipfeln Raritäten zu, die dich in einen Freudentaumel von extremer Sinnkraft und Begeisterung am Sein versetzen. Dort oben bist du nicht mehr irgendwer, sondern das „Ich Bin" in seiner vollen Seinsmontur und Gravität, Gerissenheit, Gewissheit von sich selbst wie von der alles überstrahlenden Glückseligkeit der Geistessphären.

1.14

Am Appetit wird es dir nimmer fehlen, wenn du nur das Rechte aufnimmst, damit du deinen Magen nicht verdirbst im generellen An-dir-Wüten. Ebenso im geistigen Bereich. Du stopfst von Zeitungen und TV-Schirmen solche Mengen an brisantem Stoff in deine feine Seele, dass sie ganz verwirrt ist von dem Übermass an Informationen.

Da will Ich dich mit einem guten Spruch zum Heile und zur glücklichen Genesung führen, der da schlicht und einfach heisst: Wende dich Mir zu, damit die Reinheit der Gedanken wie die Harmonie der überirdischen Gefühlswelt in dich strömen. Du beginnst damit, die Welt mit Meinen ewigen Augen anzusehn, die überschauen warm und voller Mitgefühl die kosmischen Dimensionen.

Ein Menschenleben glimmt, von seiner Individualität beseelt, für ein zahmes oder zornerfülltes Zeitchen auf und verschwindet alsobald vom Weltsein wieder. Sein Eigensein als Individuum jedoch bleibt unversehrt erhalten. Es tritt nach jeder Inkarnation zurück ins Reich der reinen Geisteskräfte. Dort reift sein strahlendes Bewusst-Sein weiter zum bewundernswerten Gottesebenbild hinan, das, alles was da *ist,* im Innersten begreift und würdigt, fördert und zum Allerbesten stilisiert.

Betrachtest du dein Sein auf diese Weise, offenbart sich dir die Welt als Zaubergarten, worin sich jeder seines Schicksals Kontinuität durch Generationen selbst gestaltet und dabei durch schmerzliche Erfahrungen zur Einsicht und zum reinen Herzensglück gedeiht, an dem Mir, der Ich alles Bin, wie nichts gelegen.

1.15

Regieanweisungen zu geben ist für dich ja recht und schön, doch müssen sie sich Meinen Weltgesetzen tunlich fügen, damit sie Heil und Wohlfahrt generieren. Ich schaue, wie die Menschenkinder wachsen an Verstand und Raffinesse im Gestalten alles technisch Möglichen, um es zur höchsten Blüte und Behaglichkeit zu treiben. Alles Offenbarte wird kopiert, kanalisiert, regeneriert und als Ersatz des menschlichen Gehabens vorgetragen. Das Genuine wird in mechanistischer Vollkommenheit reproduziert und erweckt den Eindruck echt zu sein in seinen wunderbaren Funktionen. Dabei werden Schritt um Schritt neue Reiche der Un-Wirklichkeit geschaffen. Die Menschen leben mehr und mehr in Illusionen und verhindern so sich selbst zu sein in Wachheit, Weltoffenheit, Solidarität und Seinsgenügen.

Mein Geisteswirkliches wird immer mehr gemieden und schmählich korrumpiert durch Machenschaften die weit weg von Meiner klaren, silberhellen Linie liegen. Es geht darum, dass das von Menschenhand Hervorgezauberte durchschaut, beherrscht und kontrolliert wird mit erwachten Augen für die Hintergründe, die im Reichtum Meiner Seinsgedanken und Empfindungen florieren. Die göttliche Präsenz im Menschen muss entdeckt und zur subtilen Wirksamkeit gebracht und aufgewertet werden. Eine meisterliche Symbiose zwischen dem was du dir Bist und dem was Ich Mir Bin muss regelrecht zum Zuge kommen, damit Frieden, Freiheit und Holdseligkeit im Menschenherzen residieren können. Das ist Meine alles überragende Doktrin vom seinsgerechten Weltensein und von Meiner Liebe zu den Seinsgeschöpfen, deren Krone und Pulsar, Präziosum und Verbindlichkeit du Bist in allen Ehren, Heiterkeiten und Gediegenheiten Meiner Art zu sein und Mich ins Unendliche zu heben.

1.16

In Meinem Reich und Reichtum dürfen keine Patzer mehr geschehn. Bedingungslose Ordnung, Eleganz, Bewusstheit, Heiterkeit und Einheit mit Mir müssen herrschen um des Idealen Willen, das Ich Mir ausgedacht und angesponnen habe. Mein Empfinden ist beherrscht von einem sagenhaften Raumgefühl das sich in Universenweiten dehnt und sich im Über-All die Einsicht ins Geschehn gewährt, wie es sich auch gehört.

Allbewegen wie Verändern der Gestirnswelt sind die von Mir geliebten Spiele, die Ich mit Leidenschaft und Wohlverstand betreibe. Ganz besonders rege Bin Ich im Unendlichen das hinter allen Fernen liegt und das sie produziert nach Meines Willens Ausbund, Redlichkeit und Kontinuität. Es ist das Milieu der Einheit aller Weltendinge und Gegebenheiten das Ich so schätze, liebe und betreue mit der Geduld und Weisheit des Allwissenden der sich umfassend engagiert und vor sich selber Red und Antwort steht über sein allwirkendes Gehaben.

Was auf dem winzig dargestellten Erdplaneten als Science-Fiction seine ersten, poveren Blüten treibt, hier im Überirdischen ist es in Reinkultur getan und feiert intensiv sein allgewaltiges Benehmen. Urkraftstösse treiben Meine Motivationen an und verleihen den Gestirnen und Gedanken Schwung und Rasse irdischer wie kosmischer Provenienz, die von Meinem Allsinn wunderbarerweis beseelt sind und aufs Zärtlichste getragen. Niemand darbt, wo *Ich* die Hände mit im Spiele habe. Niemand stört Mir die allheilige Harmonie, die Ich universenweit verströme um Seelenfrieden, Heiterkeit, intense Redlichkeit und Ausgewogenheit zu generieren. Der Flow der Zeit wird das so viel Ersehnte bringen, die Gerechtigkeit und Einsicht wird im Chor das Halleluja singen das Ich intoniere und dem die Völker, Nationen, Erd- und Himmelswelt-Bewohner Beifall zollen und erhabenes Geflüster voller Ehrfurcht und Bewunderung, Begeisterung am

Universenwerk und seinsgeschwisterlicher Seligkeit im namenlos gestillten Weilen.

1.17
Gerade wegen dir und deinen kurios gefächerten Bedenken nehmen viele Dinge ihren Lauf so wie Ich ihn mitnichten intendiert und eingerichtet habe. Das ist in vielen Fällen höchst fatal, denn ohne Kenntnis der subtilen Hintergründe einer Tat muss diese notgedrungen falsch beurteilt werden. Durch die Folgerungen werden Meine Weltenpläne arg durchkreuzt. Es entstehen Kriege, wo Ich doch den Frieden wollte, Verluste, wo doch Meine Ordnung und Gerechtigkeit erheblichen Gewinn kreieren müsste. In deiner Strategie wird überall gefeilt, geschönt und abgetragen, doch Mir allein obliegt es aufzuschütten, um die Ehre der Geschichte hochzuhalten und die Gefälligkeit des guten Tons aus den Ereignissen hervorzuzaubern.

Ich treffe stets zur rechten Zeit auch an der rechten Stelle ein, um der Seinsbeseeltheit Willen die Ich noch so gern allüberall verströme. Verlässest du die Machenschaften einer Welt in welcher stets im Trüben und Bedenklichen gefischt wird und wendest du dich Meinem liebenvollen Weistum zu, gewinnst du Achtung vor dir selber und die Deinen schätzen was du *dir* geworden bist -und Mir- in deines Lebens Aktualität und Rundlauf im Hienieden.

Das Erwarten an die Bürgen Meiner Wahl ist riesengross, und gerade du gehörst zu denen die in Meinem Fokus stehn und damit Ausgezeichnetes zu leisten haben um vor Meinem Geistesangesicht in Würde und Beständigkeit, Holdseligkeit und Inbrunst des Verhaltens zu bestehn. Du treibst es bunt, doch immer bunter *Meinem* Sinn gemäss will Ichs von dir erhalten damit Ich ohne Zögern für dich einstehn und dich reich belohnen kann für die extremen Wirbel deiner Siegestaten. Ich stehe dir im Übermass zu Diensten gerade dort wo du noch zögernd aber hoffnungsvoll agierst. So wird Gewaltiges aus dir in Meinem überragend motivierten Geistesschoss, und an deinen Zügen lässt sich schauen, welchen Status du errungen hast im liebevoll regierten, editierten und mit Mir liierten Gottesstaate.

1.18
Kann es sein, dass einer so gescheit ist wie gar viele und dennoch scheitert an dem einen, das Ich ihm wie nichts empfehle nämlich: ehrlich und kulant zu sein nach der Magie der himmlischen Gesetze, die zu Geisteswohlstand und herzinniger Erhabenheit und Grazie des Himmels führen? Die Träger dieser fragenden Gebärde sind sich einfach nicht bewusst auf welchen Höhenwegen sie sich stets bewegen einfach deshalb weil sie in ihrem Menschensein aufs Innigste von Mir begleitet und getragen sind in allen noch so solitären und prekären Lebenssituationen. Gerade wenn du dich von allen guten Geistern ganz verlassen siehst, Bin Ich am Realsten dein Beschützer und Garant fürs unbedingte Weiterkommen, Meinem hocherhabnen Geistesreiche zu. Du lässest dich ins weit entfernte Abseits vom Gewohnten fallen und spürst auf einmal wie Ich dich mit namenloser Zärtlichkeit umgebe und durchströme, um dir hoffnungtriefende Gedanken und erlösende Gefühle anzubieten. Nimmst du sie dankbar an so kannst du selbst im grössten Elend

plötzlich glücklich werden, weil dir dein reines Seelensein bewusst wird, das über alle existentiellen gellenden Beschwerden dominiert als das All-Einige das dir gebürend weiterhilft in deiner wilden See von Lebensplagen.

So väterlich Bin Ich mit allen Wesen die da *sind* aus dem subtilen und banalen Grunde, weil Ich sie selber Bin in der von Mir berufenen und angefachten Weltenevolution die Meine Kräfte, Mein Genie und Meine Seinsgewissheit auszutragen haben. Wie anders kann es sein, als dass Ich Mich schlussendlich doch mit Meiner Kompetenz und Meinem Kräftewallen zur Vollendung dessen, was Ich Mir bis jetzt errungen, führe. Ich schüre im Vereinzelten sowie im Völkerhaften wie Globalen die Erkenntnis von dem Sein an sich das alle im Verborgensten beseelt und zu dem sie sich schlussends zurückzufinden haben. Das hilft auf Dauer und führt unweigerlich zur Seinsbewusstheit und Hold-seligkeit von Meinen Gnaden und Unendlichkeiten, Meinem Seinsberufen und vor allem Meinem kategorischen, allwirklichen und seligmachendem Bewähren.

Kabinett der guten Hoffnung

2.1

Hast du gewusst, wie dich Unendliches behütete, bis du nach dem Vorübergang des Todes Aug in Aug Mir gegenüberstehst um die Unsterblichkeit und Seinsbewusstheit zu erfahren? Schläfst du auch noch so viele Male selig ein, wirst du genauso oft ins Weltenleben inkarnieren um dich in deinem Metier und Vorzug immer besser zu bewähren. Du wirst allmählich zu dir selber finden als in Mir und Meiner Vielgestaltigkeit die dich im Einen, Zeitenlosen völlig integrieren.

Gott von Gott, Licht vom Lichte, wahrer Gott vom wahren Gotte Bin Ich auch in dir und will es gar nicht anders haben. Du Bist Mein Eigen wie der Wind dem Weltraum eigen ist durch den er sich bewegt und wie die Sterne, die das All gewandt durchschweben. Wozu denn alle Sorgen, wenn du eines Weltengottes Züge und Wahrhaftigkeit besitzest? Alles was du an dir konstatierst wird unwahr vor dem Einen, dass Ich deines Lebens Inhalt, Stärke, Gloriole, Grazie und Wohllaut Bin in unendlich angesetzten Massen.

Bist du dir inne, dass Ich dich beständig inspiriere zum besonders Guten, Seinsgefälligen und Weisen in der Welt? Dann weisst du auch, dass du das Dich-Verführende wie Pest und Schwefel meiden musst als nicht von Mir gewollt und von den minderen Geistern angetrieben. Wohl steht es dir an, dich vollends und bewusst auf Meine grüne Seite hinzuschlagen, denn es steht geschrieben: Wer Mich liebt wird auch das Weltall lieben und die Dinge all um ihm, vor allem aber die die seine Nasenspitze zieren. Schau bitte in die Weiten der Vernunft die Ich allüberall betreibe und stelle dich als Vielgeliebter vor Mein Kabinett der guten Hoffnung auf den

Einlass in Mein Reich der Seligkeit an sich, des schattenlosen Lichtes und der Pflege der Allherrlichkeit in tiefgefassten Runden wie im graziösen, liebevollen und verspielten In-Mir-Ruhn.

2.2

Im Boot der Einheit durch das Sternenmeer zu segeln sei auch deines Träumens, Wachens und Beglückens Ideal, von dem du nimmer lassen sollst in deiner vielgewandten, elitären Seinsmagie. In diesem fabelhaften Milieu durchkreuzest du Gedankenheere und Gefühlseruptionen von enormer Wucht und Willkraft, die dich dazu animieren selber tätig und gewandt, riskant, bekannt und kapital zu werden. Was dir einfällt und gefällt will auch anderen gefällig sein, und sie nehmen dich als Vorbild für den Glücklauf oder die Misere ihrer Taten. So verändert jeder seine eigne Welt sowie die allgemeine in die er sich geworfen sieht als in ein wogend Meer von fabelhaften Stimulationen.

Betrachtest du was abläuft aus umrundender Distanz erscheint dir alles wie ein wildes, unbedachtes und verwirrendes Gestikulieren. Der Motivationen sind so viele radikal verschiedene, dass der Versuch des einigen Verhaltens immer wieder in die Brüche geht gerade weil die Ebene des Völkischen und Eigenständigen nicht fähig ist, sich am eignen Haarschopf aus dem Sumpf von Myriaden Meinungen zu hieven.

Ich aber garantiere Mir den Überschuss an Kraft und Kralle, Wohllaut des Bedenkens wie des Handelns, die die Entropie gekonnt und grandios zur Ordnung stilisieren. Mein Gotteswissens Aktualität und Aktivieren paukt den Massen Süsse des

Gestaltens ihrer Angelegenheiten ein und verwandelt sie in Demokraten, Altruisten, Liebenswürdige und Lächelnde ob der verehrenswerten Güte der sie sich voll Seele, Siegessicherheit und Lust dahingegeben.

So bewegt sich alles Weltliche wie im labilen Gleichgewicht durch die Jahrhunderte dahin und wird doch mählich, unabänderlich auf Meine gotteswerte Seite hingezogen. Das ist, weil Meiner Macht sich nichts und niemand widersetzen kann und weil Ich Mich zutiefst im Pulk der Seinsgeschaffenen erfühle. Unweigerlich ziehn sie trotz ihres Freisinns Ader dorthin wo das wahre Freisein und die Seinsgerechtigkeit Triumphe feiern; demnach hin zu Mir ins Reich unendlicher Genügsamkeit am Weltenwerk wie an des Himmels Gnade, Fruchtbarkeit, Erhabenheit und namenlosem Frieden.

2.3

Harmonia mundi darf einjeder zu sich sagen der da will und will die Welt im Innersten begreifen. Denn das Innerste Bin Ich, mit Himmelsgrazie begabt wie mit unendlichem Talent im Alle-Welt-zur-Einheit-Führen. Gott von Gott, Licht vom Lichte darfst du zu dir sagen, sowie du Mich erkannt hast als Regent, Vertrauter, Graziöser und Erhabener in deinen namenlos geheimnisvollen Seelentiefen. Das macht, dass du dich selber nicht mehr als gering erachtest, sondern als der Ausbund wahrer Menschengöttlich-keit in weisheitsvollen Zügen. Du schwärmst nicht mehr von unnütz vorgestellten Dingen, weil du auf Augenhöhe vor Mir *Bist* in liebevollem Seinsumfangen.

Das Geäder deiner Sinnlichkeit ist durch und durch von Meiner Seinspräsenz durchzogen die veredelt es so sehr, dass es wie neu geschaffen dasteht im beseelten Reichtum Meiner Gunst und Güte, allerhoben.

Es kreisen die Planeten um die Weltensonnen sonder Zahl. Ich verkreise Mich in dir in minikrimer Seinsgelassenheit und Gottesgüte als in einem Heiligtum von Meiner liebevollen Wahl. Des darfst du ganz gewiss sein, dass Ich dich nie verlassen oder meiden kann, solang du Mich nicht regelrecht von dir verstössest. Das geschieht durch übermässiges Betonen deiner Eigenheit im Hüst und Hott der Erdentage wie im kläglichen Fallieren im Geschäft der Reinheit, Redlichkeit und Tugendhaftigkeit vor Götteraugen.

Die Kunst zu sein ist von Mir als ein Märchenbilderbuch vor deine Wachheit hingeschoben. Darin sollst du blättern Tag für Tag und dich von dem begeistern lassen was in bedeutungsvollen Lettern drinnen steht. Das Offensichtliche sollst du ergreifen und in aller Offenheit, Geduld und Würde zu ihm stehn. Was dir vordem nicht gelang soll dir an Meiner Hand gewiss gelingen und dich zur Gottseligkeit und Seinsgelassenheit, vollendeten Bewusstheit und Gediegenheit des Himmels führen.

2.4

Kaum jemand fällt es ein sich zu verachten, wenn es darum geht sein Leben abzuschätzen, offenbar. Das ist, weil es unendlich kostbar ist durch den der es verleiht in meisterlichem Selbstgenügen. Der aber Bin Ich kitzeklein und abergross zugleich in jeden Wesens Aperçu und Generosität im gottbegnadeten

Verwalten und Erhalten, Wirbeltänze inszenieren wie der allerliebsten Ruhe pflegen. Das bedingt die namenlose Weisheit die Ich in den Vielgeliebten Meiner Hoffnung auf Gedeihen pflege. Wahrlich sind sie Mir der Mühe wert, die Ich auf ihre Effizienz, Gewissenhaftigkeit und ihren Ruhm verwende.

Noch tragen alle überragenden und Glorie verstrahlenden Himmelswerke Meinen Namen, doch im irdischen Bereich beginnt er abzubröckeln. Er wird leise aber stetig von den Täfelchen im Lebensraum entfernt und verschwindet mählich aus modernen Büchern und aus vielen Herzen die er prägen und veredeln wollte. Das gebiert dann Neid und Zank, Parteilichkeit, Unehrlichkeit und aberhundert Plagen aus der Büchse der Pandora die seit langem weit geöffnet ist vom Unverstand der Menschenwesen. Was soll Ich, der ans Weltensein Gekreuzigte, dagegen tun? Ich ströme Lebensliebe in die Seelen die noch rein geblieben sind und verströme Mich an sie in der gloriosen Hoffnung darauf, dass sie Meine Einzigartigkeit und Meinen Ruhm allüberall verbreiten wo gedacht, gestossen und gesucht wird in der menschlichen Montur.

Mein Sinnspruch soll von neuem salonfähig werden und Mein tölpelhaft gewordnes Angebinde soll sich auf sich selbst besinnen und die Werte wecken die von Mir in ihnen schlummern. Was sie wollen werden sie und was sie werden ist der Grazie des Himmels zugetan im seelenvollen Sich-Erinnern an Mein Wort und an Mein namenloses Seinsbehüten immanent und konsequent, allbeglückend, schlicht und licht und wunderbar.

2.5

Geschwindigkeit ist Trumpf in dieser Zeit der Hektik und des Dich-als-Rasender- Betragen um des Lebens schauriger Rabause und Verspieltheit willen. Verzieh dich täglich in die höchst verehrenswerte Herzensklause die Ich dir als Refugium und silberhellen Schrein voll Güte vorgegeben habe. In ihr wirst du erfahren wie es wirklich steht mit dir und mit deinen superpersonellen Seins-Ambitionen. Diese mögen noch so pfiffig und erfolgreich sein, es mangelt ihnen im Gewissen etwas das Mich meint mit allen Fabelhaftigkeiten und manierlichen Dimensionen die Mir seit eh und je im wachen Blute liegen.

In Mir sind Gutsein, Selbstverwirklichung und Rasse – Tugenden, die es voll Himmelsgrazie und Wachheit in sich haben. Sie schmücken was Ich Bin zu märchenhafter Eleganz im burschikosen Tätigsein wie im verehrenswerten Weilen. Alles stimmt was Ich mit Inbrunst und Gewissenhaftigkeit, Erfahrung und bedeutenden Erfolgen unternehme. Ich weise Mich Mir selber zu im Unterweisen wie in der unerschütterlichen Redlichkeit in deren Rahmen Ich Mich wunderbar gekonnt bewege.

Nun rasch zu dir und deinem Sosein in der Seinsarena wie im täglichen Gebrauch von deinen Gütern und Talenten die Ich dir in hoffnungsvoller Edelmütigkeit verliehen habe. Hast du zutiefst begriffen, was Ich mit der Perlenkette Meiner Sermons gerade auch für dich kreiere, operierst du mit der Fülle deiner Werte als ein Weiser, dem das Glück der weiterführenden Wahrhaftigkeit aus seelenvollen Augen strahlt. Ihrem Glanze wird einjeder tief vertrauen der sich deinem Fluidum ergibt und wird zum wundervollen Vor- und Nachsatz aller deiner Liebestaten.

2.6

Auf Papier Geschriebenes muss nicht unbedingt das Formidabelste und Allerbeste sein was deinem Sinn begegnen kann, denn auch das klar gesprochne Wortspiel mag in dir Veränderungen von enormem Wert und fabelhafter Dignität bewirken. Die Krone aber allen Sagens habe Ich der Welt zu jener Zeit anheimgegeben als Ich diskutierend und das wahre Sein erklärend durch die stillen Lande wandelte. Da konnte Ich ein Steinchen in die Finger nehmen und den Jüngern um Mich frei heraus erklären, dass Ich ihren Seelen Brot statt Steiniges zu reichen habe. Sie begriffen allgemach was Ich in wunderbar begütigenden Bildern und Belehrungen zu ihnen sprach, um ihren hoffenden Gemütern eine wunderbare Nahrung anzubieten. Eine neue Welt tat sich vor ihnen auf, ein Leben an der silberhellen Quelle allen Seins, von der die reine Wahrheit in die offnen Menschenherzen sang.

Was ihr Sein und ihren Sinn so tief beglückte war die Schlichtheit, wie die ruhige Bestimmtheit, die sich in Mciner Lehre offenbarte, denn sie strömte klar und feierlich von Meines Himmelvaters Thronen ihren Herzen zu. Das Redliche und Reine, unerschütterlich Unendliche begann sich ihnen regelrecht zu zeigen und sie fühlten sich in ihrem Dasein wie im Paradiesesgarten wieder. Auf die Geisteshaltung kam es an. Die Verklärung des Bewusstseins wirkte wie ein reinigendes Bad aus dem sie als Verwandelte und weisheitsvoll in eine höhere Welt Geborene erstanden. Alles was sie so gewonnen hatten, wuchs zur Geltung auch für alle anderen heran und versah sie mit dem Willen gut zu sein und gütig, warm und jeder Unbill überlegen. Gekräftigt schritten sie seitdem voran, weil sie Vertrauen, Seelenreichtum und tiefinnige Erleichterung erfahren hatten.

2.7

Eine Wünschelrute zeigt dir wo die tiefen Wasser liegen, Meine Worte aber führen deinen Seelenblick hinan wo dich die silberhellen Ströme der Unendlichkeit aufs Innigste und Freundlichste begrüssen. Alles Enggepresste hat sich dir ins Weite, Seelenvolle, Heitere verwandelt, dessen Zeuge du dir bist in wunderbarem Seinsgenügen.

Das Reelle, absolut Verlässliche erscheint vor deinen Blicken und belehrt dich eines Besseren als es jemals deinen Zwecken dienlich war. Du beginnst, dich wie ein König der unendlichen Glückseligkeit und Leichtigkeit zu fühlen, derweil sich alles Wirre und Belastende, Betrübliche und Kategorische weit hinter dir verliert. Es nimmt dein Dasein Züge an allherrlichen Befindens, dem weder etwas beizufügen noch hinwegzunehmen ist für jetzt wie für das Künftige, das dich in lichte, sagenhafte Höhen dirigiert.

Wohin mit soviel Seinsgefälligkeit und liebevoller Wärme im Allhier, wenn nicht spontan in Meiner Nähe viel bewundertes Revier, darin die erste wie die letzte sagenhafte Grösse zu erfahren. Sie lässt dich wohlig temperiert wo andere sich jäh erhitzen; sie spendet dir Reliefe in Fülle, wo aberviele sich noch mühsam um den Aufstieg kümmern müssen. Das Ziel der Ziele ist erreicht, wo alles sich in eminenter

Ruhe und Gelassenheit vollzieht und Ordnung herrscht der auserlesnen Art im Götterreich in das du vollends integriert und eingelassen bist im seinsnatürlichen Erheben.

Wer dich in dieses Zustands Aberwilligkeit und Heiterkeit persönlich kontaktiert Bin Ich der universenweit Agierende und sich um jedes Detail Kümmernde im All der Weiten, die Ich Mir gekonnt und aberwissentlich erschuf. Du brauchst dich dessen nimmermehr zu schämen was für alle Zeit vor deinen hocherhabnen Augenblicken liegt. Ins Ewige bist du galant und freudenreich hineingeboren, von dem die Sage geht, dass allen, die es je betreten haben, Unsterblichkeit beschieden ist, Glückseligkeit am reinen Sein und nie verblühende Gerechtigkeit und Grazie am Universenwesen.

Was sich dir schenkt und was bis in die tiefsten Gründe deines Wesens liebevoll und unerschöpflich reicht ist Meines göttlichen Befindens allbeglückender und meisterlicher Lebensstrahl. Du darfst dich ohne jede Zierlichkeit vertrauensvoll und heiter zu ihm wenden, wenn dir des Geringsten nur gebricht und sogleich wird er dich behutsam trösten und dich zum Olymp der Herzensseligkeit erheben, wie es stets ein Leichtes für ihn ist und war. Dienstbeflissen und behutsam setze Ich Mich für dein Wohlergehen ein und verarge es dir nicht, wenn du zuweilen unter das von Mir gesetzte Niveau tauchst in deinen kuriosen und klammheimlichen Ambitionen. Ich verhelfe dir auch immer wieder dazu heil ins Weltenlicht zu kommen, das für alle sich von Tag zu Tag beseligend verstrahlt. Nur muss es auch dein Wille sein dem Üblen zu entgleiten um dich mählich immer dezidierter in die Höhen Meiner Gunst und Güte zu versetzen.

Was sich in dieser Weise abspielt ist noch keinenfalls das Optimum das Ich erreichen will in Meinen götterlichten Dispositionen. Es soll und muss geschehn, dass der Bewusstseinsinhalt der Bewohner des Planeten angereichert wird mit überragenden, potenten, praktikablen und gerissenen Ideen, die im menschlichen Bereich zu allgemeiner Wohlfahrt, tätiger Geschwisterschaft und fulminanter Seinserkenntnis führen. Diese Werte sind schon immer Meines Markenzeichens Glamour, Kompetenz und richtungweisendes Idol gewesen. Nun liegt es ganz besonders auch an dir, die Initiative zu ergreifen um das Phänomen der innewohnenden Allgöttlichkeit im Leben zu verwirklichen und aufs Allerschicklichste zu pflegen.

Wahre Meisterschaft besteht im wohlbegründeten Konsens mit dem was Ich Mir Bin und was Ich auf der Basis der Allherrlichkeit an schöpferischer Qualität begründet habe. Das umfasst was fassbar ist in den so viel gelobten Universenweiten und dazu das unfassbare Geisteswirkliche aus dem die Dinge all hervorgehn die da *sind* und allen Seins Behendigkeit und Willenskraft, Erfahrung und famose Grazie offenbaren. Es geht mir nimmer darum, alles über einen Leist zu schlagen. Deshalb kann ein jedes individuelle Menschenwesen selber über seine Zeit verfügen und davon so viel in Anspruch nehmen wie es braucht um seine Ziele, die die Meinen sind, in allen Ehren zu erreichen.

2.8

Schutz und Schirm gewähr Ich dir in jeder Hinsicht, wenn du Mich gewähren lässest in der überragend talentierten und vor allem motivierten Geistwelt über dir. Du magst dich noch so sehr dagegen sträuben, es mit Esoterischem zu tun zu haben. Ich vermittle es dir trotzdem weil du dich daran gewöhnen sollst, in Termen des Unendlichen zu denken und dich selber zu begreifen. Als Geisteswesen sollst du dich erkennen, das den Erdenleib bewohnt wie ein Zuhause das dir für die Dauer deines Lebens zur Verfügung steht. Ich schenk es dir, doch ist es abgenützt und ausgelaufen, fällt es wieder von dir ab und wird ins offne Grab geworfen. Du aber Bist und bleibst als integrales Teil von Mir in alle Ewigkeit erhalten. Diese Seinserkenntnis lässt dich völlig unbeschwert und froh vor dir erscheinen. Sie ist der Leitstern, welcher dir am Himmel des Gemüts erscheint in unerschöpflichem und gotteswürdigem Behaupten.

„Mein Reich ist nicht von dieser Welt", darfst du im Innersten getrost und heiter ständig zu dir sagen, so wie Ich es einst am Jordan vor die Menschen trug. War Ich der Erstling solchen Seinsgewissens sollst du nun der Zweite oder Dritte oder Hundertmillionste sein, in dessen Über-Sich-Verfügen diese Wahrheit steckt zu wunderbar gesättigtem Genügen.

Ich Bin Mir das, was einstens alle im Erkennen sein und sagen sollen: Die Geschichte der Erhabenheit des göttlichen Plaisirs am schöpferischen Tun wie am Sich-selbst-aus-ihm-Entlassen um des unermesslich reinen Seins zu pflegen im glückseligen Erinnern, liebevollen Weilen, Heitersein und Lichtverströmen, lupenrein, gottselig schlicht, omnipotent und zeitenlos.

2.9

Die Mäander deines Lebens strömen allesamt zu Mir ins Meer der allgemeinen Gültigkeit am Sein und Leben. Das ist für Mich das selbstverständlichste und wissentlichste Phänomen für das Ich auch nicht die geringsten Zweifel hege. Du aber widersprichst dir selbst indem du gross herausposaunst es sei dir klar, dass es sich so verhält, doch seh Ich dich mitnichten danach handeln im bewussten Mir-Entgegen-Strömen. Das kommt daher, weil deine Wachheit wie dein Dich-im-Sein-Erfühlen alleweil noch sehr zu wünschen übrig lassen. Dein Verhalten widerspricht zumeist den simpelsten Gesetzen wahrer Menschlichkeit, die Ich zu deinem Allerbesten aufgestellt und eingerichtet habe.

Ich sehe wesentliche Gründe dafür, dich von deinem niederen und biederen Level liebevoll emporzuheben in Mein Reich der absoluten Redlichkeit, profunden Selbstbewustheit wie des Mich-in-alle-Welt-mit-Nachdruck-und-Entschiedenheit-Verströmens.

Der Gerechte geht in Meinem Sinn voran, er taumelt, strauchelt, fällt und liegt darnieder, doch er rafft sich immer wieder auf zu guten, von Mir feierlich begleiteten und sanktionierten Taten. Er verstösst zuweilen gegen das Limit das Ich ihm vorgesetzt und akkurat für ihn ermittelt habe, doch er sieht den Fehler ein, um ihn nicht grundlos wieder zu begehen. So einfach das auch tönen mag, es ist ein wahrer Heldenmut vonnöten um in einer so diffusen, kuriosen, wankelmütigen und kühlgewordnen Welt gehörig auf dem Ausserordentlichen zu bestehn. Profunde Gläubigkeit, bewundernswertes Seinsvertrauen und tiefgefasste Ehrlichkeit sind rar geworden und müssen quasi neu erfunden und mit Vehemenz im Menschenvolk verbreitet werden. Auf diese Weise wallt und wogt die Evolution mit ihrem grandiosen Schrittwerk unbeirrt dahin, wo Meine Ziele einst erreicht und von den Seinsverklärten stürmisch und voll Seligkeit gefeiert werden. Ihnen ist die Geistesruh, im Sturm, verliehen und sie fühlen sich in Meinem Sanktuarium so sehr geborgen, dass sie kühnen, selbstbewussten Schreitens heiter und von Mir beschützt durchs zauberhaft gewordne Leben gehn.

2.10
Melde du Mir stets, was dich Mir entgegen oder von Mir weggetrieben hat, damit Ich dich ermahnen, korrigieren, loben und erbauen kann in wunderbar geschwungnen, ziselierten Meisterzügen. Die Worte Meiner Observanz und Korrektur, Belehrung und Korrektheit mögen dir einwenig Stress bereiten, doch sind sie von Mir stets zu deinem Besten angelegt und wollen dich zu Mir und Meiner Gottvernünftigkeit erheben.

Die von dir erfundenen Versuche Kontakt mit Mir und Meinem Hofe aufzunehmen taugen nichts, solang du nur dich selber übersiehst und damit auch dich selber ansprichst mit nur allzuvielem jämmerlichen Dich-Beklagen. Trittst du aber für das Menschliche an sich, das heisst zuerst für alle andern ein, dann ist es mit uns ein selbander sich Entgegenkommen womit sich selbst die heikelsten Probleme wie von selber lösen und Befriedung, Lauterkeit, intense Frohmut und Vertrautheit generieren.

So wie Ich dich erlebe ist an dir noch Wesentliches auszubessern und ins rechte Licht zu setzen, damit dein Wesen sich zur Gilde der Gerechten zählen kann, die allesamt in Meinem Reiche Einlass und Gefälligkeit gefunden haben. Das wird dann zu einem Fest des Wiederfindens dessen was verloren war. Begrüssen wird sich, was sich einstens kannte auf derselben Stufe wunderbarer Bruder- und Geschwisterschaft an Meinem väterlichen Hofe. Es blüht und glüht das Familiäre wieder auf im köstlichen Die-Eigenart-des-andern-wohlgelaunt-Geniessen. Sein Weben ist wie deins ein Beitrag zur Verehrung der Allherrlichkeit, die Ich Mir Bin, und dic ihr alle seid im endlichen Begreifen was da *ist* in aller Welt und allem An-demselben-Stricke-Vor-wärtsziehn.

Das Gloriose kommt in Sicht wenn viele es betreuen und damit auf Meinen meisterlichen Stufen höhwärts schreiten. Die Kapitäne guter Hoffnung legen bald im sichern Hafen an und löschen ihre Ladung am Gestade der Vernunft, der stillen Heiterkeit und des gottseligen Das-Sein-Erleben.

2.11
Wenn du dich auf Mich statt nur auf dich und deine trügerischen Spezereien, Spezialitäten und Verfügungen verlässest, bist du bald so etwas wie ein seinsgemachter Mann und darfst dich selbst an Meinem Haus und Hofe wohlbegründet angenommen sehn. Dein Ruf dringt weit herum in aller Meiner Lande festen Teil doch vornehmlich auch ins Reich der ausserordentlich gediegenen Potenzen der

Allwirklichkeit in der die Gottesgeister sich bewusst erleben. Ihr Sein ist Licht, Wahrhaftigkeit und Können, ein verehrungswürdiges Sensorium für alles was sie *sind* und was sich durch ihr allerhobnes Sein bewegt. Sie stimmen zu wo sich Ereignisse des Wohllauts und der weiterführenden Gerechtigkeit gebildet haben und verneinen das Unschickliche und Düster-Machende im variantenvollen Leben. So ist es ihre Pflicht, das Weltgewissen immerzu auf Trab zu halten um dessen Edelmut und Empathie, Bewusstheit, Redlichkeit und Daseinswonne zu vermehren. Die Myriaden werden sich gewahr, dass sie aus der Vereinzelung hinaus dem allgemeinen Wohl entgegengehn. Und das Bin Ich dem sie schon immer unbewussterweise aber innig und voll Sanftmut eingefügt und zugeordnet waren. Das ist dann ihre Rettung von dem Eingeschlossensein ins eigensinnige Gehaben und ihr Gang in die vollendete Befriedung ihres Seelenseins im Wunderbaren.

Es ist der Glaube an das Gute der sie führt sowie die Überzeugung, dass nur Eines nottut nämlich: Alles Sein, so wie es ist, zu lieben und ihm damit die Gelegenheit und das verehrenswerte Milieu und Mittel zu verschaffen um sich zur Vollendung zu entfalten.

Dies alles hat sich um der Ehre Gottes Willen zu vollziehn und wird es auch, weil Er sich nicht im mindesten verbiegen oder Lügen strafen lässt im unerschütterlichen Wohlgesang und Wohlklang den er liebevoll um sich verbreitet. Das liegt in Seinem Sein begründet wie in Seiner unermesslichen Genügsamkeit und Seelenaugenfrische, ewigen Heiterkeit und Weisheit, Wirksamkeit und Eleganz sich selber gegenüber im bewussten Sein und in der sich verströmenden Verflochtenheit mit der Glückseligkeit der Himmelssphären.

2.12

Gegen Höheres zu löken ist so zwecklos, unklug und verstiegen wie es sinnlos ist in deinem weltlichen Gebaren. So zeigt es andrerseits sich als enorm befruchtend und befreiend, wenn du dem, was dich beträchtlich überragt, die Huld und Achtung liebevoll entgegenbringst die du ihm schuldest und das dir Herzenwonne schenkt im Einklang mit dem, der sich innig dir ergeben. Merke auf, wenn Ich dir sage, dass das ganze Weltsystem mit seinen Myriaden Komponenten, Wendungen und Wirkungen, Reibereien und Beseligungen sinnlos scheinen muss für dich und deinesgleichen, wenn du es nicht der höheren Bestimmung zu erkennen kannst in deinen virulenten Nöten. Und dieses Höhere Bin Ich, genauso wie die Weltendinge leiben und leben, doch mit dem eminenten Vorteil, dass Ich Mich in Meinem Wesen als unsterblichs Geistgebilde frohgemut gewahre. Damit aber ist es Mir vergönnt für ein Unendliches Partei zu nehmen das sich aller Sorgen ledig weiss, weil es ja ohne Fleisch und Blut und Seinsversorgen federleicht besteht und in sich selber aufgeht wie die Gleichung eines Mathematikers mit ihren Differenzialen. Sinn macht alles nur, wenn sich der Sinnende als ausserhalb der Sinnenfälligkeit erkennt in einem Milieu von schaffenden Gewalten die merklich weiser und gelassener als er agieren.

Schliessest du dich ihren Kreisen an wird, was du tust, zu einem unnachahmlich reizenden und zauberhaften Spiel, an dem du dich herzinniglich vergnügst, erbaust, beseligst und sanierst im wunderbaren Zeitenlosen.

Du gewinnst beständig wo noch scharenweis verloren wird; du erntest Beifall für dein spielerisches Wohlverhalten, derweil die Krampfer Spott und Hohn entgegennehmen müssen für die Willkür die sie demzufolge noch gebären. So darfst du ständig wählen zwischen diesem oder jenem, auf und ab und hin und wider, nur dass du die Gnade hast das Bessere zu wählen, das dich Mir verwandt erweist und wesentlich von Mir gefördert und begütet wird in ausgesprochen gottgefälligen Manieren.

2.13
Das Massige des Zeitlichen sollst du gewandt und spielerisch umschiffen indem du dich für Ewiges verwendest in gelöster und beglückender Manier. Siehe was geschrieben steht: Es *sei* ein Volk von Bruderliebe und geschwisterlicher Eintracht in den Dörfern wie den Stadtbezirken, das Mir zutraut alles nach der Kunst des guten Tons zu prüfen und zu regeln, damit es Wohlverstand, Gerechtigkeit und Glück der Sterne überwalte.

Wer schuf die Übel die seit langem aus der Büchse der Pandora quellen, will Ich füglich fragen? Unbewusstheit, Arroganz und Gier nach Werten die dir schlichtweg nimmer zustehn im profanen Menschenleben. Das verknappt für andere den Zugang zu den Gütern die sie all so nötig haben. Hüte dich vor Überschätzung deiner Kräfte, denn im Vergleich mit Meinen sind sie unbedeutend, irritierend, fehlerhaft und hohl. Bitte Mich um tätiges Erbarmen und sogleich spürst du wie die Kräfte

Meiner Gunst und Güte dich umströmen um dein Gedankenleben zur dezenten Ordnung und Gewissenhaftigkeit, Feindesliebe und holdseligen Verspieltheit zu bewegen. Alle Grimmigkeiten hindre Ich daran unbeherrscht und wuchtig zuzuschlagen solang Ich deinem guten Willen Achtung zollen kann. Prüfe dein Verhalten Tag für Tag, damit Ich in die Räder und die Speichen deines Schicksals greifen kann um sie behutsam grad zu biegen. Es gibt noch viele Rolling Stones in deinem Leben, die es aus dem Gleichgewicht und aus der Ruhe bringen, dass du unter Meinen Augen wie betrunken torkelnd deiner Wege gehst. Das ändert sich sowie du inniges Vertrauen zu Mir fassest und Ich darob dein Recht auf Bildung honorieren kann mit neu geschaffenen Ideen für dein geistiges Florieren und um die Gotteswelt bewundernd zu verstehn.

2.14

Alles was dir wahrhaft etwas bringt kann nur von Mir und Meiner Herzensgüte kommen, denn sie ist mit dem Unendlichen begabt das Ich schon seit Äonen intus habe. Ich forme das zu Generierende wohlüberlegt mit weisen Händen und belebe es mit Meines Wesens Hauch und Brauchtum in der Zeiten Schicksal, Tradition und grandiosem Los. Siehst du Mich im Wandel der Strukturen, die die Welt im Gang und in der Schwebe halten? Gar nichts was *ist* kann aus sich selber kommen, es sei denn das was Ich Mir Bin und was der absoluten Einheit Züge aufweist im gesamten Weltgeschehn. Könntest du nur im Geringsten aus der eignen Kraft brillieren, Ich würde dir von Herzen dazu gratulieren. Doch du vermagst selbst deinen kleinen Finger nicht zu rühren, ohne dass Mein schöpferisches Flair dabei im Spiel ist und im Mich-darein-Vergeben.

Wissenschaftlich aufgetakelt siehst du nur allzubald, das Ende deiner Fahrt ins Blaue kommen und sei sie auch mit noch superschlauen Augen angeführt. Du hast den Winden blindlings zu vertrauen, doch wenn sie stille stehn stehst du am Ende des Lateins, von dem du dir so viel versprachst in deinem wackern Selbstgenügen. Da ist es an der Zeit, dass du dich auf dein Sein besinnst und deiner wahren Werte sichtig wirst die Ich in dir mit voller Kraft und Nützlichkeit repräsentiere. Es darf dir keineswegs egal sein, woher die Kräfte kommen die dein Urbild ausgeformt und eingerichtet haben. Siehst du sie im strahlenden *Ich Bin* dich überall umschweben brauchst du nimmermehr zu fragen wem du trauen sollst und wer dich halten kann in den labilen Gleichgewichten die du laufend produzierst.

Das ist dann die Wende zum glückseligen Weilen in der Wahrheit dessen der da *ist* und der du *Bist* im Wohllaut deiner Seinsgeschichte wie in der unendlichen Gewähr für Frieden, ewige Heiterkeit und namenloses Selbstgenügen.

2.15

Ebenmass in allen Dingen führt zu deinem Wohl und offenbart dir eine Welt von Weisheit, Überlegenheit und Seinsgenügen. Du fühlst dich wie der Spatz im Korn sowie du weisst mit welcher Fülle Ich dich stets begabe. Deine Seinsaffären blühen auf und du erinnerst dich der Urkraft die die Weltendinge wie dich selbst bewegt, befördert und aufs Trefflichste geniesst.

Alles was Ich dir erkläre basiert auf der Verschlungenheit von allem was da *ist* mit Mir, der königlichen Hoheit, die allüberall das erste wie das letzte Wort zu sagen hat in seiner Nonchalance, Behutsamkeit und governalen Sicherheit und Weisheit die ihr eigen. Ich brauche nicht zu budgetieren, weil Meine sämtlichen Ressourcen mit Unerschöpflichkeit bedacht sind, und die kann nur aus der Verdichtung Meiner Seinssubstanz und geistigen Gewieftheit spriessen. Das macht Mir keiner nach, doch kann Ich es durch dich bewirken, wenn du Mich zum götterlichten Zuge kommen lässest und dein Ichlein als Partie, Parabel und Kokette Meiner Allbewusstheit konstatierst. Das befreit dich allsogleich von deinen Nichtigkeiten und erhebt dich in den Stand der adeligen Geistheroen, die beständig wissen was sie tun - und wollen, was Ich ihnen inniglich empfehle.

Schliesslich brodelt der um Mich versammelte Gedankenpool beständig in der auferstehenden Erkenntnis, dass das Ewige das Erste ist und damit allem überlegen was sich als zeitlich, räumlich und vergänglich definiert von den mikro- bis makrobisch vor dir aufgerichteten Dimensionen.

2.16
Nützlich bist du nur im Masse der Verehrung die du Mir entgegenbringst apart von deinem unermüdlichen Rumoren. Das Gefälle zwischen dir und Mir muss stets verringert und allmählich gänzlich aufgehoben werden. Das bedeutet, dass dein herrschersüchtiges, verletzliches und mickeriges personales Ich in dir vom hohen Ross gestossen werden muss, damit das ganz von Mir geprägte

Hocherhabene und ewig Weise in dir Einzug halten kann. Du nimmst es wahr als Bund mit der Gelassenheit sowie dem genialen Unternehmensgeist die dich aufs Vorteilhaftestes beflügeln zu bewundernswerten Taten. Dein Selbstbewusstsein wird ins Unermessliche gesteigert, weil du weisst, dass es das Meine ist in absoluter Kompetenz und götterlichtem Seinsbehagen.

Dich trifft des Olympiers kraftvoller, majestätischer und resoluter Gnadenstrahl, der Ich dir Bin, und der dir akkurat die Werte implantiert die dir zuvörderst nützlich sind in deinem seinsstabil gewordenen Betragen. Menschenkenner, Gotteskenner und Geliebter des Allherrlichen sollst du Mir werden so wie *Ich* es in bewundernswerten Idealen vor Mir seh. Der Tugend der Barmherzigkeit am Weltenwerk sollst du gewahr und pflichtig werden um das was du dir Bist gehörig zu sanieren und auf Trab zu bringen Meinen Universenräumen zu. Damit gewinnst du ohne Unterlass was Ich an dich verliere und erreichst unendlich weite Höhn, derweil Ich deinetwegen tief ins Menschliche stagniere.

So laufen wir einander unentwegt entgegen und treffen uns gewollt und unbedingt am Ziel der vollen Seinsbewusstheit in bewundernswerten Meistergraden.

2.17
Willst du - kämpfe unbedingt auf Meiner Seite, weil dir dann der Sieg gewiss ist über alle Feindlichkeiten die sich dir entgegenstellen. Weihe dich dem Sein und wisse, dass dein Ende sich unweigerlich zum Anfang findet im Unendlichen das Ich dir Bin und dem du dich vertrauen kannst in allen Disziplinen die

dir streng und kapital obliegen. Vermeide Unbekömmlichkeiten und Querelen indem du firm und heftig Meine Züge dir vor Augen hältst solange bis sie zu den Deinen werden. Sie *sind* und sind erhaben, Welten lichtvoll überschwebend wie der volle Mond am samtnen Firmamente, sonnenhell und sich verstrahlend wie die Weltenseele in unendlicher Gewähr. Der Zug zur Reinheit wird auch dich befallen, das Vollendete macht dich bedeutend, liebevoll und grandios. Wie willst du da in etwa noch verzagen? Was kann jenen der in dir ist nur um Haaresbreite überragen? Du brauchst nicht mehr zu schürfen, denn das Seligmachende und Ausgezeichnete liegt offenbar vor deinem Angesichte. Du hast es nur noch einzuholen in die Scheunen deiner Herzlichkeit und schon steht alles, was du Bist, zum Allerbesten was es geben kann im gütestrahlenden Allhier.

Deine Meinung ist auf alle Zeit für Mich entschieden und deiner Wahl kann nichts und niemand mehr entgegenstehn. Was immer du sonst hütest, dieses mustergültige Geheimnis bleibt beständig an der ersten Stelle stehn und lässt die Seelenaugen leuchten vor Bewunderung und Sensibilität für alles gottesgeistige Geschehn.

Du wärmst dich an den Flammen der Begeisterung an Meinem lichterfüllten Hofe und erschaffst dir damit selber das Idol des wirklichen Genesens in der Fülle der unendlichen Behutsamkeit mit der Ich deines Gotteswesens Lauterkeit und Lichtheit, Heiterkeit und Himmelsgrazie inständig pflege.

2.18

Dir gratulieren kann nur wer weit über seinen eignen Rechten steht und sich die Deinen liebevoll vor

Augen hält im Überschwang der freundlichen Gefühle die er für dich hegt. An deinem Freudentag brauchst du dich wirklich um gar nichts zu kümmern und der ist jetzt und immerzu in Meinem Reichtum der Holdseligkeit und Liebelustigkeit am Leben. So wie du's drehst so ist's und wird's nach dem genuinen Meisterwerk des Über-dich-Verfügens. Stellst du dich auf Meine Hilfe ein, so wird dir alles was du anrührst eine Wohltat trefflichen Gelingens. Was immer auch geschieht wird dir zum Anlass des Entfaltens und Gestaltens deiner Mikrowelt in Meinem Sinne der Ich über allen Himmeln Generator und Geschickter ausgezeichneter Strukturen Bin, die es in sich und ausser sich faustdick und fabelhaft in petto haben. So nimm denn Meine Hände, beten schon die Häslein auf dem Feld, wenn sie am hellen Sommermorgen in die Sonne blinzeln. Um wieviel inniger soll deine Bitte um Vermehrung deiner Fähigkeiten und Talente zu Mir steigen, dass Ich ihre Eigenwilligkeit in die gediegne Weltenordnung reihe, die Mir seit Äonen unerschütterlich am Herzen liegt.

Macht ist Macht, doch Liebe wird sie unbedingt zum Guten führen das Ich jederzeit im Schilde führe und welches dir zutiefst empfohlen und gefördert wird von Meinem adeligen Hause. Selbst den Krebslein habe Ich den klugen Rat gegeben hin und wieder vor anstatt zurück zu laufen. Um wieviel mehr geziemt es dir den Gang in Meine Mitte, Höhe und Erfülltheit anzutreten, damit du es zu etwas bringst was selbst die ritscheratsche Reichsten nimmer haben. Sind deine Pläne Meinig, stubenrein und weltkonform geworden, darfst du sie getrost in Meine Obhut spintisieren und ihren weiterführenden

Prozess allwie ein Fremder, Freundlicher verfolgen bis sie als Meisterwerke der Gediegenheit und Genialität, Raffinesse und Verspieltheit dastehn, eines Menschengottes würdig und ausgezeichnet zur Verherrlichung des Seins geeignet.

Fest der Herzensfreude und Genesung

3.1

Konstruktiv sowie kanonisch sein soll was du auf *Meinem* Erdreich und Mysterium wachsen lässest, damit es über alle Massen wohl gedeihe und zu aller Augenlust und Freude werde. Der Humanismus, dem du huldigst, soll in Meinen graziösen, tauglichen und ungekünstelten Theismus münden, der von Mir begründet und aufs Wohlgelungenste auf Trab gehalten wird seit Multizeiten. Ich fache an und lösche, stosse wild empor und setze ins labile Gleichgewicht, was immer dich betrifft, um dir Gelegenheit zu eigenen Ideen und Gestaltungen, Abstürzen und monolithischen Erhebungen zu verleihen. Dein Ureigenes ist dazu angetan dir wahres Allbedeuten zu bescheren, derweil auch alles was von Mir kommt dein Agieren fördert und vervielfacht ohnegleichen. Du hast deine Qualitäten auf - und hochzuheben und zugleich alles Mindere weit unter dir zu lassen. Darüber kommst du Meiner Absicht wunderbar entgegen, dich als starkes Element in Meinem Königtum zu sehn und Mich an ihm aufs Allerliebste zu ergötzen.

Ich treibe an und du hast fortzutreiben was Ich dir verlieh, um voll Grossmut und Vertrauen eine Perle im Geweih der heiligen Unendlichkeit zu werden. Du schickst dich an dein Schicksal mit Gepfeffertem zu würzen und es zu einem Fest der Herzensfreude und Genesung, Stabilität und Daseinswucht zu stilisieren. Aus dem Gejagten ist ein veritabler Jäger und Gebieter seiner selbst geworden, aus dem angsterfüllten Häschen eine Löwin, die verteidigt sprunghaft und verbissen ihre jugendliche Brut.

3.2

In Meine Liebe eingebettet sei auch du und sei in Mir ein Kind der Hoffnung auf unendliches Genesen. Licht und Freude klopfen ständig bei dir an und wollen von dir eingelassen und aufs Innigste bestätigt werden. Sie durchströmen feierlich und friedvoll was du Bist mit ihren Wundergaben.

Was Bewusstsein ist das brauche Ich dir, wie Ich denke, nicht zu sagen. Doch bewusst zu sein ist eine Götterkunst die nur die Überragendsten der Weltengeister mit Erfolg betreiben. Sie schauen sich mit wachgewordnen Seelenaugen ständig und inständig an, um ihres wahren Wesens Köstlichkeit und Kuriosität, Gelassenheit und ewige Heiterkeit tiefinnig zu geniessen.

Du bist Dem gleich der dich geschaffen und vertrittst ihn an der Stelle deines wohlgelungenen Erscheinens in der Welt der Dinge und Gelegenheiten gross zu sein im Lauf der Seinsgeschichte die dir eigen. Was immer du in guten Treuen unternimmst soll Nerv, Format und Götterwille in sich tragen. Dein Plan ist in dem Meinem bestens aufgehoben und verwirklicht sich mit Nonchalance und Himmelsgrazie in ihm. Bist du ganz wach, so glaubst du vor Verwunderung zu träumen über das was du dir unverhofft geworden bist: der Gottseligkeit Standarte, Manifest und Kunstgriff sowie des Weltengottes Aktualität, Rendite, Solitär und Musentöchterlein. Du quillst vor Rührung als ein quirliges Fontänenspiel bezaubernd himmelan und gewinnst dem Schauenden ein Lächeln ab von eleganter Süsse. Dein Sein ist Vorbild und bewundernswerte Stukkatur geworden, deine Haltung eines Göttersohnes würdig und dein

Renommee von einer Pracht und einem Perlenglanz die ihresgleichen eifrig suchen.

3.3
Ebenmass und Sitte sollen die bewundernswerten Pfeiler sein auf denen sich dein Schicksal voll Vertrauen niederlassen kann um seinen Auftrag, Meinem Gottesgeist gemäss, gehörig zu erfüllen. Nicht grundlos habe Ich mit allem was da *ist* das Liebevolle und Verbindende erfunden. Es führt voll Grazie zusammen was sonst auseinanderdriften würde und verbindet ganze Völker miteinander im Bewusstsein ihrer Bräuche, Neigungen und vifen Dispositionen. Dass das nicht selbstverständlich ist brauch Ich dir nicht zu sagen, denn du kannst vor deiner Haustür täglich konstatieren wie verhängnisvoll sich Eigennutz und Willkür, blinde Macht und Lüge auf das Ganze niederschlagen. Wende du dich Meinem Willen zu, Vertrauen auf das Gute, Adlige und Solvente zu kreieren. Meine Machart in den Erdenwelten ist dem Sternenraum entstiegen den Mein Bewusstsein in sich schliesst und ihn mit Gottesgüte, Loyalität und Friedefertigkeit durchflutet.

Unter Meiner lichtgesättigten Ägide muss es dir ein Leichtes sein den Anstand, die Glaubwürdigkeit wie den Respekt vor dem von Mir Geschaffenen beständig zu bewahren. Dies soll dir Trost und Ansporn, Reichsgesetz und Kapital für deine Taten sein und dein gottseliges Vollbringen. Wie immer du dich mauserst, es kriecht und eilt, seufzt und lächelt und bewegt sich Mir entgegen was dich so beschäftigt und unweigerlich erhebt. Bist du Mir wohlgesinnt, erblühen dir die Rosen der Holdseligkeit und deine Tage sind erfüllt von Herzensglück und Frieden. Siebenfaches Wohl senkt sich voll Anmut auf dich nieder und begleitet dich auf deinen Runden durch Geburt und Tod und Neubeginn in steter Folge, so als wär dazwischen nur ein wonnevoller Schlaf gewesen. Du siehst das Grandiose an dem Ganzen ein, das du dir Bist und das in Meine kapitale Wirtschaft und Bewegung mündet die Ich seit Äonen mit bewundernswürdigem Erfolg betreibe und dabei in ihnen zu gesteigerter Erhabenheit und Würde, Glückseligkeit und Glorie aufersteh.

3.4
Dienst für das Leben sei was du dir Bist und was Ich in dir Bin zu aller Zeit um immer neue Wirklichkeiten, Mustergültigkeiten, Künste und Holdseligkeiten zu kreieren. Wenn du es schaffst Mein Schüler und Vertrauter einer Welt der geistigen Potenz und Patenschaft zu werden, öffnen sich vor dir die Weiten der gottseligen Vernunft von Meiner Sinnkraft, Sorglichkeit und Strategie. Es ziemt sich dir die weisen Lehren zu erlauschen die Ich dir hoffnungsvoll und heiter vor die flinken Füsse lege. Nimmst du sie auf und handelst du vertrauensvoll nach ihnen wirst du bald an Leib und Seele Heil und Heiligung erfahren. Deine Kräfte nehmen zu und dein Benehmen zeugt von einem Adel erster Güte der von dir ausstrahlt und die Freundeswelt beglückt in ihrem Sich-Bewusst-Erfahren.

So wird die Kleinwelt deiner Art zu sein beständig aufgefrischt und aufgemöbelt von der Meinen, die das All umfasst sowie sein fabelhaftes In-der-Welt-Erscheinen.

Katzebuckeln vor der Allmacht sollst du nie, hingegen ist es äusserst ratsam, dich ungeniert von ihr verwöhnen und begütigen zu lassen. Sie will dich nämlich zur intensen und splendiden Kooperation mit ihr verführen, damit die Gottesweisheit sich verbreite und überall der Friede herrsche und die legendäre Himmelsharmonie.

Das Göttliche kann dich nur bis ins Mark berühren, soweit du selber es berührst damit Vereinigung entsteht auf höchstem Niveau und dein Dich-stets-Verschulden abnimmt bis es unweigerlich ins Positive übergeht. Damit kann Mein Reichtunm ohne jede Hemmnis in dich strömen und dir zum Bewusstsein bringen wie gekonnt und edel das Allmenschliche von Mir geschaffen, eingerichtet und behütet worden ist für alle die es sehen, estimieren und herzinnig pflegen wollen. Ihnen tönt das Wort „kommt her zu Mir Gesegnete des Vaters" gar lieblich in die Ohren und sie staunen ob dem Unbeschwerten, Heiteren und Graziösen das ihnen solcherweis geschieht. Sie haben es geschafft nach den Maximen der Unendlichkeit zu leben und in ihnen ihre Herzenswohlfahrt, ihr Talent und den begehrten Liebesglanz Elysiens zu sehn.

3.5

„Weihe dich dem Sein", tönt es dir von allen Ecken und Enden entgegen und „unternehme es, das Leben das dir Gott erwählt hat, inniglich zu lieben." So wird dich alles freuen und dazu ermuntern mehr zu sein als du schon warst, genauso wie es Mir ergeht in Meinen götterlichten Operationen. Untersteh dich bitte nicht Mein genuines Werk zu sabotieren. Nicht Meinem Hause sondern deinem wirst du damit ganz empfindlich schaden. Es wird dir so ergehn als ob du Hand an jenes Gänschen legtest, das dir goldne Eierchen beschert. Wieviele meinen, so gestählt zu sein, dass sie's vermögen ohne Gurt, der Ich für alle Bin, durchs Lebensmeer zu flössen. Meiner Treu, nur Ich vermag zu schauen wie sie geistig sinken und am Ende jämmerlich zugrunde gehn. Es tummeln alle Unmoralischen sich frech und ungeniert in diesem Pool und lassen darin ihre Schwärze glänzen. Niemand wäscht sie ihnen ab wie geschickt sie immer sind im Waschen von dubios ergatterten Dublonen. Ihre finstre Stunde hat bereits geschlagen, derweil sie sich noch an den azurblauen Küsten sonnen, abgeschirmt im Goldrevier.

Du weisst es ganz genau: Nur nach Meinen Ufern sollst du streben und die Füsschen auf die sichern Klippen setzen, die die Gottesfreunde zu beschreiten pflegen. So gewinnst du festes Land statt Sand und darfst dich von Mir wohlbewacht und sicher fühlen. Deine Griffe greifen seelenvoll zu Mir und überbieten sich in ausgezeichneten Verwendungen und Wendungen in Meinem Sinne, den die Avancierten der Unendlichkeit beständig intus haben. Währenddem noch viele ihren nächsten Coup beschwatzen, lächelst du, derweil du schweigend vor Mir stehst, um in Demut und voll Sehnsucht Meinen Vatersegen zu empfangen.

3.6

Heil und heiter soll die Weltenseele werden auch in dir ob deiner Liebe und Behutsamkeit dem Leben gegenüber das Ich Bin und dem du Achtung schuldest und Verehrung. Grüble nicht darüber nach, woher dein Sein und Sinnen komme, wovon du täglich profitierst in deiner schmucken Uniform. Damit meine Ich den Leib, der deine Stätte ist fürs Leben wie für deine multiplexen Kapriolen die du geflissentlich vollführst. An dir ist es die Kräfte, die Ich dir vergab, zu zähmen und aus ihnen Wohlverstand, Charakterstärke und Holdseligkeit hervorzuholen.

Das Meisterstück, das du dir Bist, ist denn auch meisterlich zu dirigieren und der Erhabenheit und Glorie des Himmels zuzuführen. Auch in dir soll mählich nur noch Lichtes, Leichtes, Auserlesenes und Träfes dominieren. Dein Handeln nimmt den Nimbus eines Seinsgelehrten an, von dem man überragende Ideen, Menschenfreundlichkeit und Wohlverstand erwarten kann. Gibst du dich dem Leben ohne jeden Vorbehalt dahin, wirst du ohne weiteres zu denen zählen, die von Mir bevorzugt und mit höherem Gewissen ausgestattet werden. Sie sind fähig dazu, vorzuspuren auf der Fahrt in das unendliche Behagen, das den Seinsverklärten inne ist und das Ich allen höhwärts Strebenden gewiss zugute halte.

Wer nach Meinem Masse misst wird klug vor Mir erscheinen und wer das Mass vergisst soll ruhig über seine Wirrsal weinen. Ich fische ihn aus seinem Tränentümpel und werfe sein Gezappel in Mein Reich hinüber, wo er die köstlichsten und reifsten Meeresfrüchte findet. Mit diesen darst du dich getrost bedienen, um gestärkt aus dem erlittenen Malheur hervorzugehn. Selbst für die Zögerlichsten finde und erfinde Ich die Stufen die sie schliesslich zu Mir führen in die Herrlichkeit des Herrn wie in den Lobgesang der Himmlischen an dem sich männiglich ergötzt und regaliert und alles Künftige mit Nonchalance erwartet in den hellen, heilen Götterregionen.

3.7
Wolle - und der Wille Gottes strömt auf dich hernieder um dir Weg und Wohlfahrt, Tapferkeit und Tunlichkeit zu sein in deinem faszinierenden Dich-Selbst-Erleben. Es gibt den Weg zu Mir, und der ist gut und rein und prächtig ganz apart von dem Getümmel der profenen Welten. Deine Seele steht vor Mir in ihrer ganzen Schönheit, Feinheit und Empfindsamkeit als ein Geschöpf der Himmelsandacht das sich immer weiter Mir entgegen hebt. Selbst unter Tränen zieht die Freude in dich ein, sowie du über deine Neigungen den Sieg errungen. Das muss im Einklang und in liebender Vertrautheit mit Mir abgehandelt werden. Offen sind die feuchten Augen für das Weltenwohl, an das die Liebenden sich voll Erbarmen und Gewissenhaftigkeit vergeben.

 Es gibt das Paradies, in welchem die Gefühle lauter und erhaben sind im Zustand des Gewissens, der Vollendung, Wonne, Licht und Reinheit atmet. Du erkennst dich als befreit von allem Unmut der Geschichte und erlabst dich an der einen, wundervollen die Mich meint sowie dein ganzes Leben auf der Szene die dich unerbittlich fordert und zum Kampf begehrt. Doch ist der Sieg schon immer Mein gewesen für jene die Mich für sich kämpfen liessen. Meine Geisteswaffen sind beständiger denn je und Meinem Schlag folgt alsogleich der Trost sowie die liebevolle Heilung. Nichts weiter als tiefinniges Vertrauen sollst du zu Mir, dem Unendlichen, beständig in dir hegen, damit die Wege offen sind für Meiner Heilkraft gütevollen Strom.

Wo ist das Land das dir die Heiterkeit, den Friedenszug und die Holdseligkeit beschert? In dir, mit Mir und allen treuen Seinsverehrern, denen nichts so sehr am Herzen liegt wie Meine Minne, Redlichkeit, wahrhaftige Vernunft und überragende Gewissheit von dem einen das Ich Bin und das die Myriaden *sind* in selbstverständlicher Ergriffenheit vom universenweiten Gotteswesen.

10. April 2016 Nr. 5793
Merkantiles ist nicht Meine Sache solang es nicht in Meinem Auftrag und Gespür für Redlichkeit und Offenheit geschieht. Der gute Merkur ist ein Schalk der lieber einstreicht als gebührend auszugeben. Das macht, dass er, sooft es geht, die Leute überfordert in der Gier nach blinkenden Dukaten. Ich aber lasse die Monetenraffer wohlgemut in ihrem eignen Safte schmoren, das heisst: derweil sie horten wird ihr Antlitz trübe für das Licht das Ich verbreite wie für den Segen den Ich allen spende, welche redlich sind, freigiebig und auf Meine Menschenliebe eingeschworen.

Alles was du kannst ist Meinem suprasankten Können zuzuschreiben. Was dir wohlgelingt trägt Meinen Namen und was aufwärts geht ist mächtig von Mir angetrieben. Missbrauchst du Meiner Kräfte Glanz und Güte, werden sie dir statt zum Heil zur Schande, und in all so vielen Fällen wirst du an ihnen gar zugrunde gehn. Überlege was du tust und tue was dir Überlegenheit in Meinem Sinn bereitet ohne nach dem Immer-Mehr zu schielen.

Was Ich dir erlaube ist, dich nach getanem Werk gemütlich in der Gartenlaube hinzupflanzen um es zu betrachten und dein Wohlgefallen an ihm auszulassen. Da mag es dann geschehn, dass du dich Meines Daseins intensiv erinnerst und im Herzen dankbar bist für Meine fulminanten Liebesgaben. Bist du so, so kann Ich dich zur Gruppe jener führen, deren Sinn nach Ausgewogenheit, Behutsamkeit mit den Ressourcen, Harmonie und Herzensgüte strebt. Sie erfüllen Mein prägnantes Ideal von einer Welt des friedevollen Miteinander-Gehns wie des permanenten Nach-dem-Höchsten-Streben. Sie spüren, dass sie *sind* und dass ihr Sein Unendliches bedeutet von der Art wie Ich es in Mir trage. Das beglückt, befördert und erfüllt sie mit der Vaterwürde, die von Mir ausgeht und sie heimholt in das Reich der ewigen Beschaulichkeit, Holdseligkeit und seelenvollen Harmonie.

3.8
Steht dein Sinn stets bei dir selber bleibt er stehn und dreht sich im berühmten Kreis herum den sich die Törichten geschaffen haben. Mir aber trägst du pure Hoffnung ein, dass du dich änderst und mit allem, was da *ist,* verwebst, Mir und Meiner Unerschöpflichkeit entgegen. Nur allzuviele tragen noch die Illusion mit sich herum, die andern müssten anders werden, nur sie selber könnten Recht behalten in der Ansicht was die lautre Wahrheit war. Da fahre Ich wie Blitz und Donner zwischen sie um ihnen auszurichten, dass Mir allein vollkommene Wahrhaftigkeit und Wesenstreue angehört. Was du dir bildest, bildest du dir ein und glaubst dabei sogar die höchsten Dinge zu gewahren. Dein Metier zeigt

Unverständnis und Blamage, Meins hingegen wache Seinsverständigkeit und Kompetenz in Meiner Art und Weise alles restlos zu begreifen.

Traust du Mir allein das Rechte zu komm Ich dir liebevoll entgegen und befreie dich von unbotmässigem Gezwitscher und Geschrei. Du neigst dein Ohr der Stille zu, in der Ich Bin und leise zu dir rede. Sie verleiht dir sachverständiges Genügen an der Universenwirklichkeit die Ich betreibe und vertreibt die Flausen die dir etwa noch die Klarsicht, die Empfindsamkeit wie die Erkenntnis deines Mir-Dahingegebenseins verstellen. Alles wird dir licht und hell, genuin und selbstverständlich was Ich durch die Umwelt zu dir trage. Mein Ernst verwandelt sich in das dezente Lächeln der Genügsamkeit an allem was da unentwegt an dir vorüberzieht und dich befruchtet, bildet und belebt. Du wirst dir selbst gefällig und gefällst auch allen anderen mit deinen Tun und Lassen, deinen philosophischen Betrachtungen wie deinen Fingerzeigen auf das was Ich dir Bin wie aller Welt in seinsbewusster Loyalität, beflügelnder Barmherzigkeit im Miteinander-Umgehn wie im zutiefst beglückenden Verweilen.

3.9

Ein Kolibri zwitschert anders als ein Brummbär um sich mit der Umwelt zu verständigen, ganz besonders aber auch mit Mir. So hast auch du die Herzenssprache zu erlernen die Mir voll verständig ist und auf die Ich denn auch mit herzinniger Verständigkeit und Liebe reagiere. „Wende dich Mir zu", ist keine Phrase die sich ohne jede Wirkung im Unendlichen verliert, wenn du in allem Ernste in

Gedanken vor Mich hintrittst um Mir eine Bitte vorzutragen. Ich erhöre jeden Anruf auf die Art und Weise wie ihn Göttliche zu verwirklichen pflegen. Es bahnen sich die Lebensdinge an nach deinem Wunsch wie auch nach Meiner Weisheit im schicklichen Zusammenfügen. So schreiten Welten unter Meiner Leitung zielbewusst voran und gestalten sich zu wahren Wunderwerken schöpferischer Fantasie, von denen du ein Teil bist, unbewusst, doch mählich im gewinnenden Erkennen deiner Situation.

Gehörig von Mir durchgerüttelt musst du werden bis du begriffen hast was sich im Leben ziemt und was zu meiden ist zum Schutz vor Komplikationen. So bricht sich vieles Bahn zu deinem Leide was dir später unbedingt zur Freude wird wie zur bewundernswürdigen Erbauung deines Wesens. Das Mass Bin Ich und dir strömt Meine Fülle zu um dich zur Friedefertigkeit und Gotteswonne zu erlösen.

3.10
Unendliches ist nicht so leicht wie ein gehöriger MacDonald zu erringen. Für den Fall in Meine Höhen sind geistige Gewandtheit, Liebenswürdigkeit, unendliche Geduld und Tapferkeit vonnöten. Nur das wird von Mir honoriert was Stil hat, Makellosigkeit und Sitte im Vollbringen deiner Künste und Verbauungen am Leben. Wer seine Ziele mit Vertrauen nährt der wird sie auch erreichen im Geringen wie im Maximalen so wie *Ich* sie universenweit zum Gloriosen führe.

Es geschieht dir alles nach Gesetz und Ordnung Meiner Definitionen wie auch deiner kurzgefassten Klugheit in der hiesigen Bastei. Du kannst nicht rötlich wollen und dann grünlich tun oder vice versa. Dein Geschäft läuft wie geölt, wenn du ihm Zuversicht und guten Willen statt Bedenken spendest. Deine Kräfte reichen weit hinaus, wenn sie von deiner Heiterkeit und Positivität Sukkurs erhalten. Ich mache dir nichts vor indem Ich dir von Meines Herzens Gunst dir gegenüber frei heraus erzähle und dabei betone, dass du Mein Liebkindchen bist nach deiner Fähigkeit dich an Mich anzuschmiegen und Mir schöne Augen und ein Lächeln zuzuhalten, dass es eine Art hat von berückendem Betragen.

Willkür ist Mir fremd, doch wo Ich Ähnliches verspüre setze Ich den Hebel kräftig an um aufzuräumen und die Träume der Ganoven, Lästerer und Tunichtgute wuchtig zu zerschlagen.

Immer wo du zu viel weisst und es im Griff zu haben meinst bist du verloren. Nur wo *Ich* das Pünktchen auf das I zu setzen habe wird die Sache wie der Vollmond prächtig rund und wunderschön.

3.11

Wo die Blümchen in den Wiesen ihre Lieblichkeit verstrahlen kannst du heiter und beschwingt spazieren gehn. Du möchtest ihre Köpfchen goldgelb auf die Leinwand malen und den Glanz der Sonne noch dazu. All so trifft es zu, dass Meine wohlbemessnen Direktiven träf und fruchtbar sind, die allesamt auf die Vermehrung der Bekömmlichkeit, Begeisterung und Grazie am innerlichen Leben zielen.

Wendest du dich Meiner Art und Weise des Gedankenrecherchierens zu, wirst du bald einmal ein ausgezeichnetes Vermögen zu subtiler Genialität und selbstverständlicher Gelassenheit in deines

Wesens Hauch verspüren. Du rechnest deine Lebensdinge anders auf als sie dir vordem wertig waren. Dein Duktus schlägt sich nun im Feingefühl für Ewiges und Sagenhaftes nieder. Die Manege der Betriebsamkeit ist dir beliebig frei verfügbar ohne Kostenpflicht geworden. Ein Mann ein Wort war alles was du Mir zu sagen hattest und schon waren wir uns einig über deinem köstlichen Begehren.

Alles spielt sich fürderhin im Reich der kreisenden Gedanken und verehrenswürdigen Gefühle ab, die du und Myriaden andre um dich hegen. Du fuchtelst nicht mehr wild und planlos in der Welt herum, weil dir alles züchtig und erhaben, gottgefällig und solvent geworden ist im gewaltig positiven Fabulieren. Was du dir frisch und froh zu unternehmen leistest ist Mir nicht banal, denn alles was du werkelst offenbart den Nimbus und die Güte, Genialität, Rechtschaffenheit, Holdseligkeit und Lichtheit Meines Wesens, das im makellosen Sein die Sphäre seines Weltgewissens findet von allüberragendem Bedeuten.

3.12

Stupend und meisterlich ist was Ich aus dem reinen Sein für Mich gewonnen habe. Tatsächlich ist das Land auf dem Ich so bekömmlich Bin und wohne von Mir aufgeworfen und aufs Beste eingerichtet mit Myriaden formidablen und gerissenen Systemen und Besonderheiten. Ich habe stets das Auserlesenste gesucht und auch gefunden, wenn es darum ging handfeste Grundgehalte, siebenfache Sicherheiten und gerissne Bonitäten zu kreieren.

Bist bereit, dich nach erfolgter Siegesmotion bescheiden und gekonnt davonzustehlen? Hast du begriffen, dass es sich nicht schickt den Held herauszuspielen, wo die Gründe allen Heldentums beim Einzigartigen und Einen liegen? Noch immer lohnt es sich, die Gründe für dein Reüssieren nur bei Mir zu suchen und die Deinen tüchtig wegzustecken, damit sie dir nicht in die Gottesquere kommen. Von Fall zu Fall hast du die Geistesklingen in die Hand zu nehmen um bei Mir um Rat und gnädige Belehrung anzufragen. Daraus ergibt sich dann ein Melange von gottseligen Taten die vor aller Welt bestehen und brillieren können. Hoch im Winde flattern die berühmten Fahnen, welche die gottselige Vernunft und fabelhafte Himmelsweisheit frei heraus verkünden, deinem strahlenden Entzücken zu.

3.13
Möchtegerne haben bei mir stets das falsche Fingerchen verbunden. Adjudantinnen der Eitelkeit sind chancenlos vor Meinen Strahlenaugen, die bis in die tiefsten Seelenwinkel Zutritt haben.

Mir obliegt es Meiner Kräfte Bund bewusst und rigoros ins All der Weiten zu verstrahlen ohne jeden Anspruch auf Bewunderung, Beklatschung und frenetisches Hurra. Was Ich von Mir weiss ist Mir genug an Schätzung für Äonen, denen Ich bewusst und heiter Meines Siegels Prägung auferlege.

Ist dir das bewusst so kann Ich dich getrost ins Schlepptau Meiner Götterkünste nehmen. Bist du gelehrig ändert sich dein Sinn zu Meinen Gunsten, dein Widerstreben schmilzt dahin und deines Seelenglücks Fanfaren tönen frohgemut und feierlich, begeisternd und liebkosend über weite Geisteslande hin.

Mach es dir nicht leicht um nur ein Quentchen Meines Schwunges zu ergattern. Doch schon dieses ist für dich unendlich viel und hilft dir viele Runden, Hürden, Höhen und Vertiefungen galant und würdevoll zu überhüpfen, deinem ausgemachten Ziel entgegen.

Meine Wohltat zu empfangen sei dir ein Bedürfnis und die Ursach bodenständigen Lobens Meiner Majestät im Unergründlichen in das Ich Mich vor aller Zeit zurückgezogen habe. Der Anstoss ist verschwunden, doch die wunderbare Wirkung bleibt und dient dir für dein Weiterkommen unfehlbar, bezaubernd und begütigend in Grossmanier.

3.14

Konsterniert ist nur wer Mich nicht kennt und kennen will in seinem überheblichen Gehaben. Ich aber schlichte seine wunden Stellen und gehöre ihm trotz allem an als Freund und Inspirator für allherrliche und sagenhafte Taten. Eine Wette will Ich mit dir schliessen über dein Verhalten mit und ohne Meinen Einfluss in den Disziplinen: Tatkraft, Kooperation und koscherem Verfügen über dein Besitztum in den Taschen und darüber noch viel mehr. Was tust du wenn Ich dich zur Lauterkeit und Loyalität an sich beflügle durch den lieben langen Tag? Du zeigst dich permanent als glühender Verfechter eines Miteinanders von bewundernswerter Effektivität und Freundlichkeit im Umgangston. Zudem lässest du manch sauer abverdienten liebgewordenen Dukaten springen, wenn es darum geht die Lebensnot zu lindern warmen Herzens um dich her. Wie anders tönt es wenn *Ich* deinen Taten nicht zur Seite steh. Das wird dann lau und schwierig für dein Budget der Barmherzigkeit im Umgang mit den vielen Wegelagerern und Patrioten nach der gängigen Devise: Mir hat man zu gehorchen stante pede mit gesenktem Blick und in devoter Unterwürfigkeit.

So ergeht von Mir an dich die segenbringende Parole: Räume mit dem Krimskrams auf von schöngefärbten Reden wie von schmuddeligen Taten vor den Augen Meiner götterlichten Majestät. Du tust gut daran Meine Gegenwart in dir zu respektieren und den Sinn der Herzensgüte einzusehn. Deine Welt wird heiter, tatenfroh und gottergeben wie es sein soll und genau wie Ich es für die strebenden Gemüter eingerichtet habe. Ein Leben in Gelöstheit und Entschiedenheit ist dein erfreulich Los und du beginnst es mit den Gaben Gottes zu verzieren. Kaprizen schöpferischer Art sind deiner Tage trauliche Begleiter, und die Freude am Erfolg vermehrt dein Selbstvertrauen wie dein Renommee in deinem wundervoll gewordnen Sein und Leben.

3.15
Ich bin gespannt darüber was Ich dir und deinem Hofe allenfalls und im besondern noch bedeute, wo dir doch so viele andre Dinge äusserst wichtig scheinen? Sag es Mir nur frei heraus wohin dich deine Wirbel ziehen und wie weit du Mich bereits vergessen hast in deinem Riesenrepertoire von knalligen und dringlichen Positionen die unbedingt von dir betreut, bemuttert und befriedet werden müssen.

Im Grund genommen bist du clever bis zum Gehtnichtmehr, doch arm an Weisheit wenn es darum geht ein Urteil über deinen Lebenssinn und Standard zu verfassen. Du driftest auf dein Unheil zu in Sachen gottgefälligem Benehmen und willst und kannst es nimmer sehn. Abschüssig ist dein Weg, derweil er dich beharrlich und spontan zu Meinen benedeiten Höhen führen sollte. Dein Geschwader irrt auf hoher See ziellos im Kreis herum und findet nicht die Lieblichkeit des sichern Hafens wo die Oleanderbüsche blühn und die bunten Kähne fest vertaut sind an des Piers gemauerter Fassade.

Was kann dich allenfalls noch besser zum Verständnis deiner wahren Werte führen als Mein kluggesetztes Wort? Es ist Mein liebelichter Segen den Ich treulich, väterlich und muttersorglich über dich ergiesse, um dir aufzuhelfen aus der finstern Grube, worein du Mir gefallen bist im vollen Lauf und Eifer deiner Taten. Du siehst dein Manko ein und rundest deines Lebens Lust und Launen, Klamauk und Irrlauf ab indem du vorlieb nimmst mit Meinen sanftgeschwungnen Kreisen die zur Seligkeit in der herzinnigen Befriedung münden. Dein wahres Kapital Bin Ich in Meinem Dich-als-Gotteskind-Begründen. Du brauchst dich nur zu öffnen für Mein Licht und Lobgedicht auf die Vollendung allen Lebens in der Mitte allen Seins in Mir und Meinem universenweiten Umkreis von Bewusstheit, Heiterkeit und unermesslichem Behagen.

3.16
Spontan und veritabel sollst du auf die Suche gehn nach dem was wahrhaft *ist* an dir, sowie an deinen tiefsten Herzensgründen die von Mir gar vieles und gar heftig zu erzählen haben. Was du finden wirst ist Gold und Silbers Wert in genuiner Gottesprägung

Meiner Hoheit zugetan. Die wunderbarsten Schätze liegen tief verborgen, und sind sie zudem geistiger Natur, braucht es enorme Tatkraft und Begeisterung um ihnen nah zu kommen.

Was ist dein Leben wert, wenn du dich nicht beständig weiterbildest in der Kunst Mir ganz persönlich auf die ausgelegte Spur zu kommen? Was wirst du mehr zu schätzen wissen als die strahlende Erkenntnis von dem was *Ich* in deinem Wesen Bin in abervielen Sinnbezügen, Helligkeiten und Schattierungen in deines Daseins grandios gefasstem Spiel.

Für Mich ist alles was Ich Bin ein äusserst schöpferkräftiges Agieren in der Geisteshemisphäre die mir Eigen. Ist nur das Eine, aus der Gottesgenialität zur Festigkeit Geronnene, für dich real, so scheint dasselbe unter Mir wie abgestorben. Meines Ursinns Wirklichkeit, Beweglichkeit und Geisteswert allein ist es was zählt und was die Sterne glänzen lässt, das Herz pulsieren und dein empfindendes Gemüt das Sein-Erleben.

Was du wirklich Bist ist Meines Seins Konstante und Gewähr, was in dir stösst und wabbert, wütet, liebt und leidet, Schmerz empfindet wie der Freude und des Friedens süssen Trost Bin Ich in Meiner unsagbaren Fertigkeit Mich in dir vor Mir selber zu verbergen bis zum Gehtnichtmehr. Du wirst Mich jedoch finden in dem Mass wie du dich von dem Tand befreist mit dem du dich seit eh und je umgeben. Willst du zuallererst nur Mich sowie die Fülle Meiner Gaben in dir sehn so bist du auf genauem Weglauf in Mein Reich, das dir Vollendung und Erhabenheit bereitet und dein Wesen in die Friedefertigkeit Elysiens entführt.

3.17

Welten kommen und verschwinden, Geistesberge türmen sich und fliessen sanft zu Talen nieder, Ich aber Bin des Seins bunt schillerndes Gefieder und überschwebe alles was da *ist* in vollnatürlicher Erhabenheit, Glückseligkeit und Gottesminne, ohne nach dem Sinn zu fragen. Himmelweite Strecken Bin Ich schon gegangen, Unermessliches hab Ich schon ausgeführt wie sichs für einen Gott bar allen Bangens, übermächtig auch gebührt. Was hast denn du mit Mir zu schaffen? Nichts Geringeres als dass Ich Mich in dich verwandelt habe, um Mich zugleich erhabener und biederer zu sehn in Meines Zeitbegriffs unendlichem Verstreichen.

Von Mir wallt Allgewaltiges weit über alle Dämme die sich gegen Mich erhoben; aus Meinem Schloss ergiessen Weltenwasser sich die keines Wesens Auge, ausser Meinem, je geschaut und keines Willens Kraft berührt hat denn Mein Unbändiger in seinem Säuseln oder Wüten.

Willkür ist Mir fremd, weil Meines Seinsbewusstseins Klare alles aufs Präziseste und Hellste deutet, was da *ist* und seiner Förderung bedarf in unerhörter Geistregie.

So wie du's immer willst kannst du dich haben, wenn du nur am rechten Stricke ziehst, um an Meinem Hof ein Glöcklein oder eine tonnenschwere Brummerin zu läuten. Ich fahre auf und nieder um dir den geforderten Bedarf zu decken, sei er sinnig oder albern, delikat oder stupid in deinem Wankelmut und deinem dich aufs Äusserste vergeben.

Katastrophen kennst nur du, derweil in Meinem Seinsgebiet unnennbar süsser Friede herrscht und namenlose Harmonie, verschwiegen, seeleninnig, weidenschlank und ausgeweitet ins unendliche der Geistessphären.

3.18

Unbestimmtes lass Ich bleiben, Absolutes ist Mein Metier der tausend Definitionen und markanten Deutungen im gütestrahlenden Allhier. Du magst es drehen wie du willst, den eigentlichen Dreh in allem was Ich Mir bedeute hab Ich ganz allein erfunden. Mein Wesen spricht sich aus in einer Güte ohnegleichen, die wahre Menschlichkeit umfasst genauso wie die Qualität im sachgerechten Wirken und Den-Lebenssinn-a-fonds-Begreifen.

Möchtest du doch so viel Schneid besitzen um dem Lernen lebelang den Vorzug vor dem Liederlichen einzuräumen, damit du mählich zu den Trefflichen gehörst die sich im Diesseits wie im Jenseits nach dem Mass der göttlichen Vernunft geformt und eingerichtet haben. Der Clou am Ganzen ist, dass dir schon jetzt die besten Werte und Betriebsamkeiten zur Verfügung stehn. Du brauchst sie nur beim Schopf zu packen um aus dem Geringen das du bist was Rechtes und Gehöriges, Ausserordentliches und Gottseliges zu machen. Dazu ist vonnöten, dass Ich dir das Wichtigste von dem was Ich für Mich gelernt und Mir treulich zugehalten habe weiterreiche, damit du Meiner götterlichten Offenbarung Folge leisten kannst, um fortan zum Unendlichen, Begeisternden und Gloriosen zu gehören.

3.19

Den Weckruf der Beständigkeit setz Ich an deinem Hofe ab und hoffe, dass du ihn voll guten Willens aufnimmst, um dich zu verändern Meinen Herrlichkeiten zu. Er soll dich überraschen und auf's Köstlichste belehren, seinem Inhalt wie auch seiner Hülle nach und soll Mich als Patron der Weisheit züchtig ehren in der Gegenwart der vielen, die Mich in ihrem Sein erkannt und tüchtig eingemittet haben.

„Liebe Leute lasst euch sagen", murmle Ich beständig vor Mich hin, derweil sie Mich mit grauseligem Bart und listigen Vateräuglein sehn. Ich aber weiss schon zur Genüge, dass Ich reiner Wille Bin und keusche Liebe, Lebenslust und Genialität, die in aller Welt Furore, Fabelhaftigkeit und Herzenswonne intonieren.

Kennst du das Sein? Ich Bin Mir selbst das liebste Kind in ihm und darf Mich rühmen Mich als Es erkannt und vollends in Mir aquiriert zu haben. Das ist dann eines Riesenfestes Wert, dem sich die Seinsverklärten und Bewunderer der höchsten Ideologie begeistert anzuschliessen trachten.

Gefühlvoll wie ein Riesenmütterchen behandle Ich die vielen Wunden die sich die Suchenden im Hochgebirge Meines Seins in allem Ernste zugefügt und zugemutet haben. Es sind die kernigen und unverbesserlichen Optimisten, die das Gute selbst in minikrimsten Mengen und Dosierungen zu finden wissen. Du aber hütest dich davor es auszuloten aus diversen, von dir frei erfundnen Gründen, die an Meiner Stätte weder Anklang noch die mindeste Beachtung finden.

Selbständig sein, unzimperlich, vergnüglich und erhaben über alles, was da *ist*, besiegelt Meines Seins Gewissen und gottselige Strategie, die im Unendlichen ihr strahlendes Debut wie ihr holdseliges Vollenden findet.

3.20
Mein Weckruf bringt dich zur Besinnung auf's Unendliche das in dir ruht und dich befähigt voll Vertrauen höchste Höhen der Beseligung und Gottbewusstheit zu erreichen. Das ist dann die letzte, überwältigendste Station auf deiner Siegesfahrt ins Glück der Sterne ebenso wie ins Besonnene des Seinsnatürlichen in dir.

Kannst du überhaupt ermessen was es heisst mit allen Sinnen und Verbindlichkeiten, kapitalen Werten und Manieren vollbewusst im Fluidum des Seins zu stehn und seliglich zu weilen? Deine Geistesflügel müssen offen sein für die Gebärde reinen Fluges ins Unendliche der Sphären. Du bist dir deiner selbst bewusst in sonnenlichter Klarheit und in gottbegnadeter Galanterie, die alles von sich weiss und nichts zurückweist was ihr je entgegenkommt in ihrem Sich-Verfluten. Die Bedingungen des Seins sind dir in diesem Zustand ganz besonders liebevoll von Mir ins Herz geschrieben, damit du dich an ihnen freudevoll erbaust und deine Lebenstage sich in Seligkeit und Harmonie des Ewigen vollenden. Du siehst dein Menschenlos von der Gefälligkeit Elysiens durchzogen und traust ihr alles zu was dich in Glück und Wonne leben lässt für jetzt und immerdar. Ein Manifest der Hoffnung und der Friedefertigkeit für Myriaden bist du dir geworden und eine Zierart göttlicher Natur, die leuchtet wie das

Rosenrot am frühen Morgen und wie das Himmelblau auf deiner Sonne süsser Spur. So bist du wieder heil ins Paradies geboren und in die Zukunft jener Zeit die dir seit eh und je zum Sein erkoren und zur glückseligen Erhabenheit.

Alabasterreine Hügel

4.1

Alabasterreine Hügel wirst du allsobald in Meinem Reiche übergleiten wie dein Sinn sich Mir ergeben hat in wunderbar geselligem Zusammenfügen. Was bringt dich besser ins Verständnis deiner selbst als Mein herzinniges Belehren, an dem du dich ermessen kannst in Treu und Glauben, Redlichkeit und Ruh. Der Prozess der Heilung von der Flut der Illusionen, die du dir naiverweise eingehandelt hast, wird lange dauern. Doch sind die bunten Schleier die dir Meine Welt verhängen abgetan, darfst du fortan in Meinem Reiche gütestrahlender Bewusstheit wohnen. Geistig wach geworden schaust du deines Seins Vermächtnis und Redoute mit geschärften Augen an und erinnerst dich an was du Bist und immer warst in allen Lebenssituationen.

Es ist ein unermessliches Gedankenwogen, das deinen Sinn beschäftigt und bewegt und du bist in ihm ständig am Entscheiden so und so und wieder anders, linksherum und rechtsherum, mit voller Fahrt voraus und haltbedürftig, folgenschwer. Das unendlich Geistige an dir gewinnt Priorität und stellt sich mählich als der wahre Jakob tüchtig und gebührend vor dich hin. Lebensgeister sterben nicht und fallen ewig ins Gewicht der gottesgeistbeseelten Einheit allen Lebens die Ich meine. In Wirklichkeit bist du gerade das was Ich auch Bin und darfst dich ruhmreich und erlöst, friedevoll und glückerfüllt in Meiner reinen Gotteswelt bewegen.

4.2

Noch meilenweit entfernt von den Prinzipien der Geisteswelten bist du in deinem Hangen und Bangen, Dublonen erlangen und dich an die weltlichen Dinge vertun, als wären sie alles in dir und rund um dich her. In Meinem Gottesstaat wirst du auf diese Weise nimmer reüssieren, weil bei Mir nicht Selbstsucht und Verschlagenheit, sondern Nächstenliebe, Redlichkeit und Offenheit die fabelhaften Trümpfe sind mit deren Hilfe Ich Mich aus dem Schneider halte. Mir ist's ein Rätsel weshalb du, mit brillantem Sachverstand begabt und prunkend mit gelarten Universitäten, in Bezug auf das Moralische versagst und damit alle deine Werte korrumpierst im Handumdrehn. Wie viele müssen darben, weil deine Finger klebrig sind vom Gieren? Was richtet dein Nichtgutsein an bei ganzen Völkerscharen ohne dass du daran zweifelst ob es auch gerecht sei, Reichtum aufzuhäufen statt ihn liebevoll und gütig auszugeben.

In Meinem Haushalt herrschen Solidarität und Frieden, weil Ich nach den Prinzipien des weisen Überlegens wie der Achtung vor den Seinsgeschwistern handle, die allesamt mit Mir im Liebesbunde stehn. Das ruft vereinigende Kräfte auf den Lebensplan, welche Glück und wahre Wohlfahrt, Hingegebenheit und Harmonie verbreiten. Sieh, der Himmel ist so nah, und allen die ihn bei Mir suchen gehn eröffnet sich das Wunder des Vermählens aller Gegensätzlichkeiten zur vereinten Myriadenschar. Du schwimmst im Meer des Seinsgenügens wie das Fischlein in der See und geniessest deines Vorrechts Anklang mit dem Blick auf dein bewusstgewordnes Gottesziel.

4.3

Tragisch komisch mutest du Mir an mit deinen sorgenvollen Kämpfen um dein leiblich Wohl. Du vergissest darob Meines geistigen Bezirks Standarte und Mandat, die dich zur vollen Heiterkeit und Seelenseligkeit bewegen wollen. Das Bild von Mir in deinem sehnenden Gemüte soll dir ständig klarer werden und an Umfang und Erhabenheit gewinnen, bis es deiner Welt Bedeuten und Format vollkommen ausfüllt in der Fülle deiner Lebenstage. Bild von Mir sei für dich alles was da *ist* im hintergründigen und allversammelten Gedankenmeer. Es sind des Hochgefühls allüberall verbreitete bewusste Sensibilität sowie des Götterwillens Wucht, Wahrhaftigkeit und Wirkkraft die sich voll Bewegtheit universenweit und allem innewohnend offenbaren.

Dich und alle sollen Meine adligen Intensionen zur vollkommnen Sinnkraft und Bewusstheit führen. Meine Werte sollen dir so sehr gefallen, dass du sie wie nichts erstrebst und dich ihnen angleichst sehr zu deinem Nutzen wie zu dem der Welt in der du amtest und dich selbst erlebst.

Deine Erdentage sind gezählt, doch dein Dich-Empfinden wird dir akkurat als das der Weltenseele offenbar die sich den Leiden wie den Fröhlichkeiten aller Wesen innig hingibt im Unendlichen. Das ist dann Erfüllung pur von deines Seins Komplexität die sich allmählich stilisiert zu einem Eins- und Einigsein mit Mir von namenloser Qualität, Beglückung und Rendite. Du bist vollends mit dem was alle sind vermählt im Brautgemach der Weltenliebe wie in der Unendlichkeit des Seins das beständig ewige Beglückung atmet, sinnbegrenztes Heil und wunderbar harmonisches Gelispel reiner Zärtlichkeit im Numinosen.

4.4

Kronzeuge deiner selbst bist du geworden allsobald wie dein Bewusstsein Herbstessüsse und Gereiftheit, Unendlichkeit und Siebenseligkeit erreicht hat allesamt in Mir. Willst du einer sein von denen die sich ihrer konfortablen Lage wegen in ausgezeichneter Verfassung sehn? Unwillig sind sie, rund um sich herum zu streiten, weil sie in Meiner Hemisphäre weder Druck noch Zug zu fürchten haben. Sie befinden sich im sagenhaften Equilibrium zwischen Sein und Scheinen, Sehnsucht und Erlangen, Überschwang und kapitaler Stille des Betrachtens. Alles kannst du haben, alles auch vermeiden, eingezogen in der Gottheit Schoss wo alle Dinge sich auf's Innigste bedingen und berühren.

Nur wer die Bedeutung kennt von dem was *ist* in allen Seinsetagen kann völlig unbeschwert aus diesem Punkt heraus zu neuen Werken gehn. Ihn labt Vergangenes und lockt das Künftige inmitten sagenhafter Sanftmut und Entschiedenheit die Ich ihm frei heraus gewähre. Du überschaust die Konsequenzen deines Handelns bis ins letzte Detail, fachst es an und löschest es nach deinem hocherhabenen Belieben, Siegen und Auf-dir-selber-bis-auf's-Äusserste-Bestehn. Das Freisein ist dir auf die Stirn geschrieben zwischen jeder Wendung hier- und dorthin, auf und ab sowie dem makellosen und gewollten Ganz-in-dir-Verweilen im glückseligen Bewusstsein deiner götterlichten, sakrosankten und olympischen Immunität.

4.5

Wer ist Willens Meinem Ruf zu folgen und in Mir mächtig, prächtig und bedingungslos zu sein in jeder Weise des unendlichen Bestehns? Auch du bist dieser Machart zu berufen und darfst dich überzeugt und froh Gewiefter der gottseligen Belange nennen die da *sind* und aus sich selber ihren Wert bezeugen. Siehst du ein wie hochbegabt und genial, taufrisch und gediegen unter Meinem Marschbefehl deine geistigen Talente sich vor dir verbreiten ist dein Herzensglück besiegelt und in reiner Fülle vor dir aufgetan.

Jedes Hündchen wedelt mit dem Schwanze, wenn es seinen Meister kommen sieht. Hast du Mich je an deinem Herzenshof mit freudigem Erwarten und voll Dankbarkeit empfangen, in der Kunst des Sich-Begegnens lächelnd und verspielt? Hast du schon vernommen wie erspriesslich sich die wahre Freundschaft auswirkt zwischen dir und Mir in deinen vielbewegten Erdentagen? Alles wandert wie ein Feuerchen am Schnürchen elegant dem Punkt entgegen wo es zünden soll in eklatanter Weise oder weis verhalten in der Liebe lichtem Ton. Oft geschieht es, dass die Dinge sich am Ende wie bei einem Puzzle wundervoll zusammenfügen. Immer ist das Meiner Wohlgewogenheit und Meinem Geistelan, Meiner Klugheit und Gewandtheit zu verdanken, die Meine Klientela ohne weiteres geniesst.

Bist du dir bewusst wie unbesorgt und hochgegriffen deines Lebens Spekulantentum verläuft solange Ich es mit dem Touch der Göttlichkeit beehre? Wohlig wiegst du dich in Meinem Deine-Schuldigkeit-Begleichen und ergibst dich wunderbarer Lässigkeit, derweil sich viele immer noch in maliziösen Krämpfen biegen. Willst du paarweis durch das blühend aufgeputzte Land spazieren, wähle Mich zum Partner und Galan, weil du keinen Bessern, Resoluteren und Erhabneren wählen kannst in deinem Recht dich für und wider eine Ehrensache zu entscheiden.

4.6

Konstruktiv und kapital sind Meine Seinsgedanken ohne jeden Aufschub wo es darum geht Verirrungen zu lösen und an ihre Stelle klare, sylphenleichte Definitionen hinzusetzen. Tiefe Einsicht in dein Gotteswesens Genialität, Gutmütigkeit und Grazie des Himmels ist für dich vonnöten damit du fähig bist dein volles Potenzial an Wirkkraft und Kaprize, Resolutheit, Hohheit und Gewieftheit auszuschöpfen. Können und Erfolg sind Brüder die du nie genug zusammenhalten kannst in deinen Überlegungen zum Tag des guten Willens wie der Gottestat.

Bist du dir Meiner Gegenwart und Wertigkeit bewusst so Bin Ich's noch viel mehr und kann dir ungeniert versichern, dass Mein Sinnspruch über deinem Haupte gloriose Seinsveränderungen und Bereinigungen generiert, die dir sehr zu statten kommen. Das Unübliche wird dir zur fabelhaften Tagesration und beglückt und hätschelt dich nach Noten. Dein Wille, in den Meinen integriert, vermag nun deinen Starrsinn sachte aufzulösen um allem was du Bist genuine Gängigkeit, Gutmütigkeit und Feinheit zu verleihen.

Lässest du *Mich* schalten schält sich deines Wesens Kern mit Urgewalt aus dir heraus um sich schliesslich in der Welt als Musterbeispiel und bezauberndes Cachet zu präsentieren. Du selber bist dir gleich geworden in der Gleichheit mit der Meinen und bekämpfst dein Eigensein nicht mehr. Deine Stärke ist auf Meinen Fuss gestellt und dein Gelafer wird umhüllt vom schweigenden Befehl in Meines Herzens Mittagsstille, deiner Welt Genügsamkeit und Generosität, Holdseligkeit und Sommersonnenwärme hinzugeben.

4.7

Nolens volens musst du aus dir selber auferstehn um deine volle Menschengottesgrösse zu erreichen. Was du dir denken kannst zu deines Zustands selektiver Gründlichkeit verblasst vor dem was du erkennst als von Mir eingeräumt und eingeschossen in dein Wesens sagenhaften Drang zur Wohlfahrt, Dignität und Seinsgeruhsamkeit. All deine Werte schwellen wie die Weinstocktraube gütlich an und tendieren dazu, ihre volle Süsse, Reife und Vollendung zu erlangen.

Du erfassest dich als eingeboren in das Medium gottseliger Gewandtheit und ereignisvoller Transvestie der Dinge deines Lebens in ein Höherwertiges von Gottes Gnaden, Reiz und Zuversichtlichkeit. Du Bist, und allsolange triefen deine Blätter vom Erfolg den dir des Himmels Güte und Gerechtigkeit vergab. Du siehst dich vom Ideenreichtum göttlicher Brisanz umschlossen und gebierst Geniales Schritt für Schritt und Schlag auf Schlag. Manifeste sind von dir kreiert und unterschrieben, die von Meiner Art der Hilfe allerbestens zeugen. Du schwimmst in Freuden ob der Vielfalt die Ich dir gewähr und die dein

Königtum besiegelt in der Mitte Meiner Würden und Gefälligkeiten deinen zu.

Es künden sich dir Seinsereignisse von ausgezeichnetem Bedeuten an, die allesamt auf deine Wohlfahrt und Erhabenheit, Glückseligkeit und Wonne an des Lebens Qualität und Gotteswürde zielen. Du schenkst dir nichts, derweil Ich dich mit allem, was da *ist*, aufs Köstlichste bedenke und begabe bis zum Gehtnichtmehr. Dein Innesein ist bis zum Überfluss erfüllt von Meiner gnadenvollen Souveränität. Die fühlt sich köstlich an und lieb und tunlich in der Zartheit und Behutsamkeit die Ich dir als Mein Konterfei von ganzem Herzen liebevoll vergebe.

4.8

Der Broterwerb in Meinem Laden soll für dich zu einem Freudenfeste erster Güte, Qualität und Trefflichkeit, Holdseligkeit und Sitte werden. Ich garantiere dir, dass deinetwegen alles unternommen wird um dir das Leben angenehm, bekömmlich, rationell und liebreich zu gestalten. Du sollst dich fühlen wie ein Fürst dem alles Gute zufällt was sich denken lässt in seinen Niederungen wie in seinen Höhn, auf die Ich ihn bewusst und königlich entführe.

Dein Problem ist es, dass du dich selbst erniedrigst wo es immer dir berechtigt scheint, an deinem Auftritt etwas zu bemängeln. Dabei würde es dir besser anstehn dich auf alles was du wirklich Bist voll Verve und Güte zu besinnen Mir zur Ehre und zur Achtung Meines In-dir-Wohnens. Ist dein Sinn in Mir verankert und vertäut wie jedes glücklich angelangte Schiff im sichern Hafen, so kann dir weder Unheil noch Bedrängnis, Niederträchtiges und Traurigmachendes geschehn. Deine Seele blüht allwie in einem ewigen Frühling farbenprächtig vor dir auf und fühlt sich wohlgeborgen und gehätschelt in der Perspektive auf das Göttliche das dich täglich mehr beseligt und bestärkt in deinem Seinsvertrauen.

Du gehst gekleidet ins Gewand des Friedens wohlgemut einher und weisst dich auf's Entschiedenste und Artigste, Beglückendste und Holdeste mit Mir versöhnt.

Das Mentale ist der Clou zu deinem Reüssieren in der Welt der Sachen wie der guten Geister die dich rings umhegen und umrunden und dir alles Fabelhafte angedeihen lassen was dir wirklich dient zum Fortschritt im bezaubernden Gefieder der Unendlichkeit die Ich mit dir seit eh und je aufs Köstlichste bewohne.

4.9

Auf der Wallstatt froher Aussicht und Gewähr für Sicherheit und Eleganz begleite Ich dein Streben nach dem Höchsten in dir, ausser dir und überall wo du dir Bist und Ich Mir Bin die Grazie des ewigen Lebens. Der Geistbegriff des Seins ist niemals auszulöschen, weil er sich aus sich selbst erklärt im unerschaffenen und makellosen Reich der göttlichen Substanz, der Willkraft wie des freiens Über-Sich-Verfügens.

Heilsam und aufs Äusserste belehrend ist was dir zu Ohren kommt von Meiner Attitüde, Generalität, Bewandtnis und Geschwindigkeit im Selbstbegreifen. Deine Züge werden echter, angesehener und kompetenter, wenn sie sich den Meinen vollends angeglichen haben. Du beweisest dir die integrale

Wucht Mein Ebenbild zu sein in menschlichen wie göttlichen Belangen. Das ist von deinem Standpunkt aus gewaltig, hocherhaben und auf's Äusserste subtil, derweil es doch dem Meinen selbstverständlich ist wie Brot und Wasser für den täglichen Gebrauch und die Rendite die daraus ersteht.

Es ist für die die sich im Zustand reinen Seins erleben eine Studie ersten Ranges, wenn sie in dieser preziösen Hinsicht sich im ganzen Weltall als präsent erfahren. Dein Bewusstsein reicht vom hier bis ins Unendliche und kommt von diesem stante pede retour in dein Reich der fabelhaft gewordenen Gefühle wie des genuinen Denkens alleweil in Mir.

Alles Schüttere, das dich bedrängte, ist komplett verflogen wie ein Riesenschwarm von anthrazitnen Vögeln derweil du dich in sonnenweicher Weisheit glänzen siehst. Du bist zur Geistgeburt im Jenseits aller Dinglichkeit geworden und bedeutest dir so viel wie Ich Mir wesenhaft und glückerfüllt, elysisch und natürlich götterlicht bedeute.

4.10

Salbungsvoll brauchst du bei Mir nicht hin und her zu schwadronieren. Ich kenne dich bis in die letzte Falte und verzeihe dir deswegen was du noch nicht Bist indem Ich es befördere nach Strich und Faden und in Meines besten Namens Nimbus und Magie. Begegnung ist auf jeden Fall das Mittel zur Versöhnung der markanten Gegensätze die uns noch betreffen und die den Brei versalzen wollen den wir in guten Treuen angerührt und eingefettet haben. Alles was sich vor uns auftürmt kann im Nu beseitigt werden, wenn wir nur in absoluter Einigkeit zusammen auf es losgehn und das Höchste wie das Tiefste mutig überschreiten auf der Ewigkeiten Spur.

Du bist Mein Anhang und Gelehrter der Unendlichkeit, die Ritornelle aller guten Gaben die Ich dir verlieh sowie das Mahnmal der Vergänglichkeit des Irdischen in deinen malerischen Zügen. So schreiten wir denn in selbanderischer Gültigkeit dahin und fragen nicht mehr nach dem Sinn, derweil wir diesem in der ewigen Wanderschaft an sich gefunden haben. Stuf um Stufe schreiten wir getrost, glaubwürdig, tapfer und gekonnt hinan und lassen alles Niedliche und Zimperliche hinter uns im Grandiosen, das wir uns geworden sind im Aufwall der Äonen.

Was dich bestimmt und dich zur zarten Liebe trimmt ist Meine Andacht vor den seinssubtilen Werten und Lebendigkeiten die Ich Mir geschaffen habe. Dabei ist die Erziehung zur Begeisterung am Leben, zum Tugendhaften, Gütevollen und Dezenten das bedeutungsvolle Ziel das Ich für alle Wesen vor Mich hingesetzt und ihnen innig angedeutet habe. Aus dem Chaos in das Ordentliche, aus dem Finsteren ins Lichte steigen wir, wohl unter Schmerzen aber mit der Sehnsucht nach dem Heil das uns bevorsteht und das Ich mit dem reinen Sein befruchtet und beglaubigt habe. Nimm es bitte an und sei in Mir gesegnet und gestriegelt und verklärt im endlichen Begreifen was du Bist und was Ich in dir Bin in tausend Demonstrationen und Liebkosungen, Vereinigungen und Beförderungen multiplex, zutiefst berührend, liebevoll und genial.

4.11

Vaterwürden zu erlangen geh Ich aus und kehre mit dem Weltensein in Meinem Herzen wieder. Was ist eine abergrandiose Gottestat von Universenmacht, Magie, Gedankenschärfe, Qualität und Durchzug wenn nicht diese, radikale und erhebende im liebestrahlenden Allhier. Darüber hab Ich lange Zeit geschwiegen bis Ich Mir im Menschenvolk ein Gegenüber schuf von demselben Rang und Klang und Namen. Da bedurfte es des regen Austauschs im verbindenen Gedankenleben, majestätisch schriftlich und verbal. Das Relevante hob gewaltig an zu fluten, das seinssubtile mähliche Erwachen wie aus felsentiefem Schlaf erweckte das Bewusst-Sein in den vielen und liess sie aktiv und vernünftig werden in des Gottes Sinnkraft, Genialität und Stil. Was bist du denn verehrenswürdige Monade anderes als Mich in vollgespickter Aktion, Prosperität und wachsender Bewusstheit deiner selbst als Sein vom Ursein wie als multitalentierte Maskerade.

Was Ich will ist Meiner Spiegelung gewissenhafte Komposition und Komponente die bedächtig in äonenlangem Garen schmackhaft wird, um schliesslich selbst von Mir genossen und geschätzt, bewundert und gelobt zu werden. Hast du denn Mein Lob verdient, beginne Ich dich auszufragen? Da versinkst du allsogleich beschämt ins Schweigen und verbirgst dich hinter fadenscheinigen Entschuldigungen und Besonderheiten, die dich Meinem Hochgebot und Götterruf entzogen haben. Wann wirst du Meiner würdig, insistiere Ich und verfolge dich so lange bis du endlich dich entschliessest Mir zu folgen aus Begeisterung, Entschiedenheit, taufrischer Überzeugung und tiefinniger Beglückung in der Menschengottes-Tat.

4.12

Eine Raupe kroch gefrässig übers Eichenblatt dahin und entpuppte sich als zierlich aufgeputzter Schmetterling von Himmels Qualität und Gnaden. So auch du kriechst noch im Staubigen und das Entpuppen steht dir bald bevor in Glanz und Fülle, flatternder Holdseligkeit und tatenfroher Daseinspoesie. Das bring Ich dir voll Güte zu Gewissen und ermuntre dich dazu, das Deine kräftig beizutragen bis zur gloriosen Auferstehung und Entfaltung in das lichte Medium der Gottesgeistigkeit in Meinem lichtgewandeten Azur. Dann wirst du in den höchsten Tönen Lobgesänge flöten und zur lieben Laute greifen um dein Spiel vor Gottes Herrlichkeit und Herzensgüte zu vollenden. Die Weiten der Unendlichkeit sind dir weitoffen und der Hoffnung auf Erfüllung deiner kühnsten Wünsche steht kein Jota mehr entgegen. Es wird ein meisterhaftes In-Mich-eingezogen-Sein das dich in die Sphären der gottseligen Bewusstheit und Entschiedenheit entführt, um dir des wahren Seins Standarte und Befund bekannt zu geben. Du siehst dich wie erwacht aus wilden Träumereien und lässest jegliches Bedenken fahren, derweil das Künftige in Pracht und Herrlichkeit im ewigen Lichte sich vor dir verbreitet um dein Wohlsein, deine Lebenswonne wie auch deine richtungsweisenden Gedanken auf die Spitze zu treiben.

Kühle Winde, klaffende Höhlen und kläffende Münder wollen dir den Spass am zwitschernden Lebendigsein vergällen, doch du stehst firm, um

Meiner wie auch deiner Hoheit Ehre und Respekt zu zollen. Das ist die Situation in der sich männiglich befinden kann, wenn er sich Meinem Duktus und Gewissen anschliesst, um die Geistesgöttlichkeit in reiner Fülle, Folgerichtigkeit, Prosperität und Wesenswachheit zu erleben.

4.13

Aus Tradition und würdigem Benehmen tradiere Ich gemächlich was Ich weiss vor deine sinnreich aufgestellten Öhrchen um dir Mut und Mum zu machen gegenüber den willkürlichen Problemen die dich im wilden Schwarm umgeistern und umtosen. Gang und gäbe ist es bei Mir, das was schon erfolgreich war, besonders intensiv zu fördern, um wahre Wunderwerke zu erzeugen auf der Erde wunderlichem Areal. Ich ruhe nicht bis Ich für jedes noch so trickige Problem das adäquate Losungswort gefunden habe. Auf's Zeitliche kommt's Mir nicht an derweil Ich der bewundernswerten Qualität bewusst den Vorzug gebe. Was Ausschuss ist wird in des Himmels Hüttenwerk behend in köstliche Erfahrung umgeschmolzen. Damit wird das Weltenrund sogar im Bund mit den Versagern mit grandiosen Meisterwerken ausstaffiert an denen Myriaden Augenpaare hochbegeistert auf und nieder fahren.

Allen Leuten lass Ich sagen, dass Mein Interview stets auf bedeutungsvollem Ansatz und entsprechendem Erfolg basiert, damit männiglich davon ein filigranes Beispiel nehme. So steigern sich die Dinge, gegenseitig motiviert zum Höherwertigen hinan, was Meine königliche Absicht ist und Mein herzinniges Verlangen.

Ich finde was Ich suche im Allüberall der Szenen die Ich voll Verve und Inbrunst generiere. Das macht, dass Menschenwürdiges wie Gottgesegnetes entsteht an jedem Ort wo *Ich* die Hände mit im Spiele habe. Nur dass sich Meine Philosophie der Güte und Erhabenheit mit Vehemenz im All verbreite, ist Mein tonangebendes Bestreben und dass dasselbe endlich auch in dir das meisterliche Ziel erreiche.

Machst du mit ist alles was Ich intendiere bald und blütenrein erreicht zu deinen wie zu Meinen eminenten Gunsten. Freude herrscht und Frieden am Erreichten, und Begeisterung rennt wie ein Steppenfeuer durch die Reihen der olympischen Akteure auf dem wunderbar bekömmlich und beliebt gewordnen Erdenplan.

4.14

Klammheimlich graben sich die Wässerchen der Gottesgüte durch dein Sein und mehren in dir unermüdlich Meine hochgebenedeiten Götterspuren. Sie versehen dich mit Rat und Richtung Meiner Konvenienz in Sachen Lebenskunst und Gunst an allem was da auf dich zustürmt oder dich mit lächelnder Holdseligkeit begrüsst. Darauf darfst du zählen, dass mit jedem noch so minikrimen Manifest aus Meiner Hand ein wohldotierter und gerissener Impuls zur strahlenden Wahrhaftigkeit einhergeht, der dich formt und führt und dich zur Fabelhaftigkeit erzieht in langgedehnten Meisterzügen.

Ich besorge dir's, wenn du nicht spurst und Bin dir zugleich eines liebevollen Vaters Pult und einer treubesorgten Mutter Grazie in allen hochbrisanten Lebensdingen. Mein Schaffen schafft aus dir ein quicklebendiges und seelenvolles Monument der

Seinsgerechtigkeit, an der die Wesen weit und breit ihr Vorbild, ihren Trost und ihre Herzensfreude finden. Wie einfach ist es, dezidiert, wahrhaftig, liebenswert und genial zu sein, wenn sich das Individuum vollends mit Mir verbunden sieht und sich im Takt ergeht, in dem sich Meine Lippen leis und ruhevoll bewegen. Was dich von Mir berührt klingt aller Welt wie eine Ode an die Friedefertigkeit und Lebenslust entgegen. Es offeriert dir was der himmlischen Gerechtigkeit und Harmonie entspringt und lädt dich freundlich dazu ein es mit Begeisterung und gutem Willen anzunehmen. Versiehst du dich mit Meinen Liebesgaben wandelt sich dein Sinn zu einem Seinsgefühl von magistraler mustergültiger Erhabenheit über das so kleinliche allmenschliche Getue, das die Welt zu allen Zeiten krückendrohend, rabiat und ruchlos, seelenärmlich und servil durchzieht. Was Mein ist hält sich derweil wohl geborgen und verborgen in den Rängen reiner Schönheit, seinsspontanen Edelmuts und wunderbarer Lässigkeit am himmlischen Geschehn, das Mich umflort im Glück des Seinserkennens wie in tiefgefühlter Allegrie.

4.15

Reise in die Ewigkeit, Glückseligkeit und Gottesgunst will Ich hier nennen, was auch dich ein lebelang betrifft mit allem was du zu erfahren hast, zu leiden und zu lieben. Deine immanente Grösse und Gerechtigkeit besteht darin, dass du niemals nachgibst oder aufgibst im Bestreben, was du wahrhaft Bist, herauszufinden. Das ist nämlich deines Daseins eigentliches, nobelstes und höchstes Ziel, zu dem Ich dich auf's Innigste berate und erwarte. Dazu bist du berufen und erwählt als Mein Liebkind, Schrittmacher, Held und Herkules zuvorderst an der Front zu stehn der Kämpfenden um das Ereignis der Geburt ins Ewige die jedem Individuum bevorsteht und die es aufhebt zur Bestimmung und Gewinnung seiner Menschengotteswürde, Stimmigkeit und Majestät.

Unbestritten ist was Ich in dir Mir selber seit Äonen auf's Entschiedenste gewähre und Mich dabei bewähre in den Disziplinen: Chaos, Ordnung, instabil und parfait, liederlich, diszipliniert, avanciert und gottergeben.

Meine Tugenden sind Legion und dominieren haushoch im Vergleich mit den belächelten Banalitäten, die Ich Mir in der Strategie des Menschenlebens massenweise auferlege. Evolutionenträchtig, -prächtig und gediegen geh Ich unbeirrt voran im Sinne Meines Hochgebots Mich wieder in Mir selbst zu finden als im Sein, will heissen, in der alles überragenden Gewähr für Frieden und Holdseligkeit, für Blütenreinheit und Erhabenheit in rauschenden Triumphen.

Im Liebevollen, Zärtlichen, Melodiösen, Rhythmischen und Kapitalen, Anspruchsvollen und Bescheidenen Bin Ich schon immer grandios gewesen und brauche dazu nichts zu korrigieren. Du jedoch hast es bitter nötig Meinen Spuren und Sequenzen unbeirrt zu folgen bis Mein Licht dich vollends überstrahlt und alle deine Dinge ausgereift und süss statt bitter sind in deiner Philosophie der Freiheit, der Glückseligkeit und der Gewandtheit im Bereich der Gottesliebe wie der hocherhabnen Himmelsharmonie.

4.16

Rezepte gibt es überall im Leben, doch sie strikte zu befolgen ist ein ander Ding und ist im tiefsten Grund Mir ganz allein gegeben. Du tätest gut daran, dem Geheimnis Meiner Folgerichtigkeit geziemend auf den Grund zu gehn, um schlussendlich zum Olymp der innewohnenden Gottseligkeit und Geisteswürde zu gelangen.

Nicht du doch Ich Bin Es in dir und passe Meine Redewendungen gefällig deinem Weltverständnis an. Hier oben sind, apart von dir, ganz andere Betrachtungen vonnöten. Meiner guten Geister Myriadenschar hat sich im subtilen Lenken ganzer Völkerschaften wirkungsvoll zurechtzufinden. Sie verändern über Generationen hin das menschliche Bewusstsein, um damit die hoch bedeutenden Kulturepochen einzuläuten und sie nach Äonen wieder dem Verklingen preiszugeben.

Alles was geschieht ist Meines Geistesatems Virtuosität und seelenvollem Duktus zuzuschreiben. Ich fache an mit Fächern der unendlichen Behutsamkeit, bewirke das Florieren und ergötze Mich am seinserlesnen Flor, den Ich geschaffen. Deine eminente Selbstgefälligkeit soll sich bewusst als minikrimes Ticken im enormen Welteräderwerk verstehn, an dem Ich Meine Kräfte und Konventionen, Kuriositäten und Verbindlichkeiten messe ohne jemals zu erlahmen oder hintenan zu stehn. Alles was Ich unternehme offenbart des Universenseins Charakter dem Ich Meine Treue halte, liebevoller, zäher, mustergültiger, erhabener und lichter geht nicht mehr. Du, Meines Odems zierliches Kalkül und Meiner Wohlgesonnenheit Standarte, trägst den strahlenden Gewinn davon aus allem was Ich intendiere, redigiere, reguliere und im Stand der Gnade halte all so lange wie es sich der Aufsicht Meiner Güte nicht entzieht.

4.17

Wer gewinnt bist immer du, durch Meine Seinsgeschichte wandernd und dich wundernd über sie unter Weh und Ach und mit unendlichem Plaisir. Zu welcher Sorte zieht es dich gehörig hin? Du stehst im Doppelfelde des Erfolgs und der Verführung zu noch viel viel mehr wie auch in dem der Einsicht und des leise scintillierenden Gehabens. Dass dich im Grunde beides fasziniert ist dem Unendlichen zuzuschreiben, in dem du Bist und stets versuchst, dich auf irgendeine Weise zu behaupten.

Im Zuge deiner Eigenheiten gibt es herzlich wenig vorzuweisen was Mich wahrhaft interessiert. Du bist ein Schwätzer über Gott und seine Welten, dass man meinen könnte du verständest beides, ihn und sie. Verständnis jedoch ist dir nur gegeben in der Gottbeseeltheit die Ich an dir leiste und an welcher du Genüge finden solltest, volontär.

Es gilt für dich die Öhrchen prächtig aufzustellen, wie die des Lapins, um Mein Geflüster leidlich zu vernehmen und nach seinem Inhalt tüchtig auszuschreiten einem sagenhaften Ziele zu. Fühlst du dich in solchem Tun begriffen, oder haderst du beständig an dir selbst bis in die höchsten Chefetagen? Ich wünsche dich dem Ersteren voll Verve entgegen und verleihe dir dazu den Mut, das Gut und selbst das Blut das dich durchschwimmt in deinen delikaten Erdentagen. Sowie du das erkannt hast ist dein ewiges Heil besiegelt und im Grunde alles was dich führt und fördert, drangsaliert, manipuliert und

- in die Höhen schnellt gottseligen Genügens am bewährten Sein und seinem Über-Dich-Verfügen.

Stante pede wirst du Mich in deiner Innheit finden, wenn du nur die Gnade hast im Innehalten, Meiner Seinsgefälligkeit Gefüge zu berühren. Du begreifst was Ich dir Bin und wozu dir Meine Silberglöcklein, Schellen und Cinellen ständig läuten. Rohrt es dir in den Gedärmen, Windungen des Hirns und Herzkanälen noch so sehr, Ich suche dich derweil in deinem Seelensein und Rauschen liebvoll zu befrieden.

Wer kann deine Lage tüchtiger und respektabler ins ersehnte Gleichgewicht versetzen als gerade Ich mit Meiner Fähigkeit das Unerschöpfliche zu kontaktieren und mit Schöpferweisheit, Seinsgelassenheit, Originalität und Sitte der Vollendung zuzuführen? Meine Fahnen stehen ständig auf Erfüllung und Mein Massstab ist derjenige von Aesculap in welchem sich das Heilende, Verzeihende und Richtigstellende für alle Leidenden bereithält, ohne nach dem Stand zu fragen.

Die Nöte lindern ist das Eine, das andere jedoch ist das Bedeutendere nämlich: Dir geziemend beizubringen wie du alle Not vermeiden kannst, indem du Meine Fülle anrufst und dich ihrer ständig und bewusst bedienst, um einen sagenhaften Aufschwung unter vollem Wind und mit kunstvoll austarierter Takelage zu erzielen.

Schwaches stärke Ich mit Säften des unendlichen Behagens und Verfehltes ziehe, zupfe und drapiere Ich zurecht, bis es dem poetischen Gewissen voll entspricht, das Ich jeder Meiner Schöpfungen mit wunderbarem Feingefühl und Flair für Paradiesisches beständig unterlege.

4.18

Harmonia mundi setz Ich dir ins Ohr und ins Gewissen friedevoll von Meiner Warte aus im seinserfüllten Milieu von eigenwilligen Gnaden. Es ist die Ruhe nach dem Sturm die Ich vor deinem Sehnen nach Erlösung propagiere, die Wohltat der Befreiung von jedwelchem Weh ist es, die Ich dir in Aussicht stelle, wenn du nur den Mut erbringst dich in Meine bodenlosen Tiefen vertrauensvoll hinabzustürzen.

Ohne Mein's gibt es kein wirklich lohnenswertes Ziel. Alle andern sind vergänglich und profan, trügerisch und selbstbezogen. Meines aber wird nie untergehn und bringt noch jeden der es anstrebt in die feudaleske Lage der Erkenntnis seines Seins in Meinem lichterfüllten Kern und seinen gütestrahlenden Agglomerationen.

Meine Wendigkeit ist Legion und Mein Verhalten offenbart das Absolute das Ich Mir in allen Sparten vorbehalten habe die da sind: Geniale Grossmut gegenüber allem was Ich Mir geschaffen habe, Einfalt im Berühren aller Weltendinge die Mir liebevoll ans Herz gewachsen sind und darüberhin die majestätische Gebärde allumfassenden Regierens über alles Seiende in olympischer Raison.

Mein Gewissen von Mir selber zu vertiefen geh Ich aus und kehre mit den Meingewordnen glückerfüllt und heiter im Triumphe in Mein vielgeliebtes reines Seien wieder. Unbeschwertheit, Makellosigkeit, und vollnatürliche Bewusstheit sind hier Meine kapitalen

Attribute deren Ich Mich so und so und silberhell erfreue.

Und du, ist die manierlich aufgeworfne Frage? Vater des Elysiums darfst du Mich nennen und dich selber Götterkind im Stadium des Seinserwachens in Mein Milieu der Traulichkeit der Sterne wie des Selbstgefühls und der Erhabenheit per se mit allen Konsequenzen, Schwänzeltänzen und Beseligungen in der Grazie der himmlischen Glasur.

4.19

Ein Grusswort an die lauschende Gemeinde der vor Mir versammelten Gemüter passt zusammen mit dem was Ich daran herzlich und gekonnt verkünde. Nationenweit soll es erklingen und zu allen Drangsalierten dringen die der Hilfe allermeist bedürftig sind.

Wie ist deine Lage frag Ich dich in seinsbemutternder Manier? Vortrefflich wäre masslos übertrieben. Niemand wird es dir verargen, wenn du ausrufst, sehr von Ungemach, Kalamitäten und Malheur durchzogen. Das ist typisch für den Wanderer in erdgebundener Manier, an dessen Fersen sich die Scherereien und Verdrusse wie verschlagne Hunde heften. Darauf erwidre Ich: Du stehst dir selbst im Weg mit allem was du, satt von Eigensinn vollführst, denn *Meinen* Einfluss sollst du nie negieren. Querfeldein Bin Ich bereit dein mieses Leben aufzupäppeln, wenn du nur die Gnade hast, Mich um Beistand höherer Art und Weise anzurufen. Das geht dann über den Verstand und findet sich in Sphären überirdischen Begreifens wieder. Du fühlst dich wie von Quellen warmen Mitgefühls umgeben, die Freudenflüsse rauschen und die Musikanten reiner Zuversicht beginnen selige Gelassenheit zu intonieren.

Was du immer sehnlich wünschtest, hier geschieht's, weil *Ich* in dir mit Vehemenz zum Zuge komme; deine Segel streifen durch den Wind und deine Wimpel flattern in der Pracht des Morgensegens. Nun gilt es das Versäumte nachzuholen um galant und sieggewiss auf Kurs zu bleiben, bald kreuzend, bald mit vorgespanntem Genua dem langersehnten Ziel entgegen.

Du bist es nicht und Bist es doch der alles inszeniert was dir geschieht auf Erden sowie im Himmel der Gerechten an der Sache Gottes die zu Herzensreinheit, Wonne des Gemüts und fabelhaften Seinskonditionen führen. In schweigender Bewunderung der Neuwelt siehst du dich, in die du eben eingetreten. Alles ist komplett und was du leistest führt zu überragendem Gewinnen in der Kunst der Seinserhabenheit in wunderbar gekonntem Stil.

4.20

Unendliches will dich voll Zartheit und Ergebenheit berühren, wenn du nur empfindsam bist für feine Iterationen Meinerseits an der Stätte der Geburt des Ewigen in dir. Du schaffst es nicht allein, so fein, erwartungsvoll und friedefertig zu verweilen bis *Ich* Mich bemerkbar mache im Erkennen auf der Götterspur. Ich komme dir entgegen wo du gehst und stehst, meilenweit, kapriziös und festlich angehaucht, um dir Meine Treue zu beweisen und um die Wichtigkeit der innigen Begegnung zu betonen. Alles ist Mir recht dazu deine Einsicht zu befördern und aus dir ein Muster an Beweglichkeit,

Beständigkeit, Zuverlässigkeit und Brauchbarkeit für's Ewige zu stilisieren.

Bist du soweit gediehen, dass dein Ansehn dem gestrengen Blick der Meister an Gediegenheit genügt, wirst du zum Eintritt in den Himmel der Gerechten avancieren. Es wendet sich das Blatt von Düsternis auf Tageshelle, von Verzagtheit zur Verzückung ob dem unermesslich Gottestraulichen das dir geschieht. Aller Ämter bist du nun enthoben vor dem einen, Mich zu sein in allem Ernste und begabt mit einer Fülle von Vertrauen Meinerseits das nicht mehr überboten werden kann. Wirst du es jemals enttäuschen? Ich denke schon, doch wenn du ohne jeden Vorbehalt dich wieder aufraffst Mir entgegen, will Ich dir in mütterlicher Sorge und Verbindlichkeit verzeihen um des Guten willen das daraus ersteht.

Ein erstaunlich Abenteuer nimmt damit ein ausserordentlich beglückendes und tiefgefasstes Ende in der menschengöttlichen Natur wie in der elysischen Bewusstheit die die Auserwählten in sich tragen. Ihr Schicksal ist besiegelt im Olymp der gottgeweihten Schar, die schweigt, derweil man von ihr redet und die lächelt ob des Spotts wie der Bewunderung, die sich von den Massen massenweise über sie ergiesst.

Gehörst du schon zu ihnen? Mach dich schleunigst auf, um noch vor Lebensschluss bei ihnen anzukommen und um mit ihnen die verdiente Wonne der Allherrlichkeit, sowie der vollen Seinsbewusstheit zu geniessen.

Der Bewusstheit auserlesne Qualitäten

5.1

Wo find Ich Mich wenn nicht in dir inmitten des profanen Lebens, das auch das Meine ist apart von den unendlichen Vergünstigungen die Ich im Allhier geniesse. Du bist dazu berufen allem zu gehören und auf alles Zugriff und bezaubernde Zertifikate zu erhalten, von Mir ausgefertigt und signiert. Dein Mandat ist es, das was dir zusteht auch geziemend und beizeiten einzulösen, damit es schmackhaft und bekömmlich sei im Sinn der gottgewollten Moderationen.

Banalitäten sind in Meinen, reich mit Wohlverstand bedachten Stätten, keine anzutreffen, vielmehr strahlen dir der Weisheit und Bewusstheit auserlesne Qualitäten dezidiert und liebevoll entgegen.

Was sich in dir anbahnt ist ein Dasein voller Glanz und Attraktivität, aus Meinen unerschöpflichen Behältnissen und Räumlichkeiten dezidiert und hochqualifiziert gespiesen. Dein Leben wird zu einem Fest der vielgewandten Fantasie und ziselierten Broderie herangeführt, an dem du und die vielen sich ergötzen, sammlerisch und saisonal.

Weitwurf in das Ewige soll sich an dir vollziehn und soll sich als genialer Einfall wie als äusserst raisonabler Meisterschub erweisen. Du profitierst von allem was Ich Mir in langgedehnten Perioden des Erfahrens und Bewahrens, Disponierens und Beglaubigens errungen habe. Das macht dich grandios, dass Ich dir von Anbeginn gestattet habe, Meiner Gärten Angebinde lustvoll zu durchwandeln um darin a discretion Befrieden und vollkommne Herzensharmonie zu finden.

5.2

Klosterschwestern sind nicht wenig zu beneiden, wenn sie sich ernsthaft Meinem Ruf gemäss verhalten und glückerfüllt in ihrer Seinsberufung leben. Sie wachsen zielbewusst in das Bewusstsein der All-Gegenwart hinein, in der die Meister wahrer Menschengöttlichkeit sich glückerfüllt befinden. Was sie denken, was sie tun ist Ausdruck der Allherrlichkeit geworden, deren Zeuge sie sich sind in der vollkommnen Unbeschwertheit die sie immerfort erleben.

Um es den Beginen gleichzutun, brauchst du nicht an deren Pforte anzuklopfen. Es genügt wenn du im stillen Kämmerlein tagtäglich eine kurze Selbst-Besinnung inszenierst. Du schweigst und lässest die profanen Sachgedänkelchen sich nach und nach verlieren, derweil du nur dem Einen lauschest das bekennt: *Ich* Bin und will in dir das Universensein erleben.

So magst du meditieren und dich wunderbarer Weise ans Unendliche verlieren und zugleich ans wirkliche und weltenprächtigen All-Hier.

5.3

Markant und merkantil will Ich dich heut begrüssen um den Seelenhandel abzuschliessen der da heisst: Du gibst dich Mir und Ich bescher Mich dir in Wesensdichte und vollendetem Erbarmen. Geschwister sind sich oft besonders nah, jedoch für Seinsgeschwister ist das Nahsein nimmermehr zu überbieten. Wovon du träumst ist auch in Meinen Träumerein felsenfest und firm enthalten, woran du glaubst wird auch von Mir in allem Ernste propagiert. Wenn du so recht im Schwung bist gibt es auch in Meinem Seinselan kein Halten und wenn du trotzig stille stehst, kann Meinen Stillstand keine Macht von Erd und Himmel mehr bewegen.

Dies alles lässt auf's Innigste vermuten, dass wir völlig eins und einig sind in allen weltlichen wie himmlischen Belangen. Es soll Mir niemand kommen und dich von Mir, dem Überweltenbaume, trennen wollen. Du würdest alsogleich verdorren wie das abgehackte Ästchen von des Stammes Näh. Bist du dir sicher, dass du noch im vollen Safte Meiner Dignität und Vaterwürde existierst? Mir scheint der Austausch sei bedeutend lascher, unverbindlicher und eigenwilliger geworden. Da ist sogleich, was noch zu retten ist, in Sicherheit zu bringen, damit es zur gegebnen Zeit, vom Feuer der Begeisterung erfasst, ins Lodern komme und sich wie im Sturm zu einem Flächenbrand der hehren Herzlichkeit entfalte dem nichts und niemand widersteht.

Oh holder Frühling der gottseligen Gefühle, wenn du gläubig, duldsam und auf's Innigste mit Mir vertraut geworden bist. Kein Jota an der Kunst des friedevollen Miteinandergehns ist mehr zu ändern und unser Stolz besteht darin, dass vor uns alles gleichen Sinns und Sinnens abläuft wie am glattgestrichnen Schnürchen. Deine Gottesdinge sind im Lot und deinem seligen Hochflug ins Unendliche steht nichts entgegen.

5.4

Echte Meisterkurse im Vertrauen auf Unendliches sind eben nur bei Mir zu haben. Ich allein kann aus dem Vollen schöpfen ungeahnten Wissens über Hintergründe, Seitenkammern und Verliesse, holde Kabinette, Kemenaten und zum Fest geschmückte

Säle, deren Zauber sich vor allem dort verbreitet wo der Sinn nach höherer Bewusstheit sehnlich aufrecht steht. Die auf Meine Wissenschaft und Meinen Anruf positiv und wohlgesonnen reagieren, sind auf dem besten Wege zur Erkenntnis des enormen Geisteslichts das Ich allüberall verströme. Ihnen wird das Wirkliche und alles Überragende gehören, das Ich aus der Weltenseele Sein und Wesen Bin in der Grazie der Geistkultur die Ich voll Verve und Inbrunst pflege.

Dein Mass ist von Mir voll sowie du deine Eigensinnigkeiten von ihm ausgegossen hast im Zug der Trockenlegung deiner Sumpfgebiete. Deinem Reinheitsgrad gemäss erklären sich dir weit und weitere Fernen, deren Glanz und Inhalt Gotteskraft und Güte, Makellosigkeit und Minne des Allhöchsten atmet, deinem Eingeborensein entgegen.

Ein grosser Schritt für dich wird dieser Vorgang sein sowie ein minikrimer für die Menschheit der du durch dein mustergültiges Verhalten vorwärts, aufwärts hilfst in Meine numinose Gegenwart in ihr.

Das Befreiende an Meiner Art und Weise zu regieren ist das Spüren des Unendlichen mit dem Ich Meine Bürgen, Pappenheimer und Verzärtelten begabe. Sie sind Mir vollends hörig, weil auch Ich in höchster Hörigkeit zu ihnen steh. So ist es und so offenbart sich die durch alle Regionen durchgezogne Einheit aller Dinge, Wesen und Erscheinungen, wo immer sie glückselig, gottbegnadet und voll Anmut miteinander fürbass gehn.

5.5

Kaum bist du da musst du schon wieder weggehn, doch sorge Ich dafür, dass der burschikose Auftritt auf dem Erdplaneten dir ausgezeichnete Erfahrungen beschert, die fordern vehement dein treffliches Bewähren. Die Hälfte deiner Zeit verbringst du mit Bedauern, wie mit dem erschütternden Beweinen deiner Missetaten. Das ist unklug von dir, denn in derselben Spanne könntest du mit Meiner ehernen Komplizenschaft ein Reich des gütestrahlenden Erfolgs kreieren an dem die Menschenmassen tiefbewegt vorüberdefilieren.

Zur ewigen Dauer ist Mein Markenzeichen deinem Seelenschimmer von Mir eingeprägt und wird mählich auch begriffen, derweil der Segen der Unsterblichkeit dein Sein berührt und dein entsprechendes Gehaben.

Gehst du von dannen gehst du stracks zu Mir und wirst von Meinem Hofrat in der Kunst des Redlichseins belehrt. Deine Gottestriebe wachsen und dein Antlitz strahlt dein Dich-im-Seligen-Befinden wieder. Vom Möchtegern bist du zum Allerweltseroberer geworden an dessen Fersen sich der Pulk der Profilierten heftet, dem hart errungenen Etappensieg entgegen.

Was du bildest spriesst aus Meinem Garten und was du als dein eigenes Erringen propagierst ist das Ergebnis dessen was von Mir gegart und ausgegeben wurde. Da gibt's für dich nur eines noch in Andacht zu vollbringen nämlich: Mich mit dem Gelöbnis ewiger Treue einzudecken auf der Heimfahrt ins Bewusstsein himmlischer Genügsamkeit, Vortrefflichkeit und Nützlichkeit am Leben.

Was Ich immer will ist Meisterschaft in deines Daseins hundertfältigem Rumoren, wie auch in deinem wonnevollen Seelenparadies.

5.6

Was Ich dir zu vermachen habe sind gewaltige Ressourcen aus den Tiefen Meiner Geistgebirge von bewährter Qualität und samtsanftem Glänzen. Du magst es glauben oder nicht, auch du kannst über Unerschöpfliches verfügen allsolange wie dein Herzblut gläubig und entschieden ist ganz Mir und keinem andern zu gehören. Derweil die starken Stimmen der Versucher dich umlauern stehst du als ein Monument der Ehrlichkeit und Geistesstärke da und lässest dir von niemand, was du aus dir selber tun musst, leichterdings befehlen. Wo du trotzdem fehlst leg Ich behend das Veto ein um dich vor Schlimmem zu bewahren und dein Wesen wieder zu Mir in die Sicherheit zu ziehn.

Die Gesetze Meines Handelns sollen lückenlos auch zu den Deinen werden womit die Kontinuität gewahrt bleibt und dem Hang zum Besseren Erfolg beschieden ist vorab aus Meinen überragend wohldotierten Schalen. Bist du klug so lässest du, was Ich mit dir im Sinne habe, anstandslos geschehn, damit am Ende in der weiten Welt nur noch *ein* Herz und *eine* Seele sei nach Meiner wohlerwogenen Broschur.

Wem kann die Sonne ein geziemenderes Gleichnis sein als eben Mir, dem Sich-Verstrahlenden in aller weiten Wesen, Lichtungen und Regungen des Feingefühls. Niemand kann sich einem Zauber je entziehen, der so wirksam, wärmend, hellend und erheiternd seine Kreise über alles breitet was da *ist* und was gedeiht und fruchtet, lebt und liebt unter ihren mächtigen Portalen.

Was Ich glückhaft finde soll auch dir in feingefühlter Resonanz und Rüstigkeit beschieden sein. So tritt hervor aus Meinem Mich-Begründen was entzückt und was beliebt und was dich selig werden lässt am Sein und sinnend dich an ihm auf's Trefflichste erlaben.

5.7

Klammheimlich wirst du immer wieder von Mir Gutgeschriebenes vernehmen nämlich wenn du hälftig oder ganz in Schlafesarmen liegst. Deiner Seele Wachheit ist dann sehr geneigt Vertrauliches, Erbauliches, Beschauliches und Wunderbares in sich aufzunehmen. Das berührt sie als ein Fest der guten Gaben aus des Himmels harmoniegeladnen Höhn indem sie sich in ihrem Timbre einschwingt zu holdseligem Gedeihen.

Es ist ein Kommen und Verblassen ausgezeichneter Gedanken, die von Meinem Universensein beredte Kunde geben. Gestehst du dir dein Manko an Ideen ein so animierst du Mich dazu dir wohlerwogenen Ersatz dafür zu offerieren. Das ist es was dich reich und richtungweisend, volljährig und gewandt zum Werke schreiten lässt für Millionen. Duftend Heu ist es auf deinen Bühnen und gehobenes Geflüster in den Hallen deiner urkraftstrotzenden Magie. Du weidest dort wo Meine Geisteskräuter spriessen und begehrst nichts weiter als von ihrem Duft berauscht, dem Werke treu zu bleiben, das du einst begonnen und nun entzückt von Mir vollendet siehst. Konkurrenz brauchst du in keiner Weise zu befürchten, weil es eben keine gibt und weil Ich dich

Bin schon das eine Mal für immer in der Strategie der Unvergänglichkeit und ewigen Moderne die Mir eigen.

Erst wenn du alles dies erkennen kannst, bist du ganz Mein und fähig im direkten Wohlgewissen und Verstand mit Mir auf's Allerschicklichste und Beste zu agieren. Du nennst die Weltendinge ungeniert, geradeso wie Ich es tu', bei ihrem wahren Namen und weisest ihnen damit die exakte Stelle zu an der sie existieren und florieren können. Ich Bin der Gottesgrund für deine Gründe und lasse dich glückselig und gekonnt an Meinem Universenbilde weitermalen.

5.8

Wirbeltänze sind genau so richtig, wichtig und gediegen wie es die galanten Gleitmanöver sind auf Meinen Meeren namenlosen Friedens die Ich vor dich hin drapiere voll Barmherzigkeit und leis gefühlter Ironie. Dein Problem ist es, dass du in allem, was du aufgreifst, nur dich selber findest anstatt Mich, der als der Göttervater über allem waltet was da *ist* und was beständig überborden will in seinem Hang zu mehr und mehr.

Ich jedoch vertreibe dir die Flausen wie Ich immer es vermag im Halt ob dem Zuviel wie in dem Bord das dich am Abglitt hindert in verhängnisvolle Tiefen. Du hast das Leben als ein Lerngeschäft in Meinem Lehrgerüst zu achten und betrachten und verstehn. Dann wandelst du auf exzellenten Wegen Meiner Hoheit und Gerissenheit entgegen. Ich eröffne dir, dass Meine Absicht nur das Wohlbekömmlichste und Figalanteste für alle generieren will, im Besondern aber unbedingt für dich mit allen wohlgefälligen Nuancen.

Die Struktur des Weltenseins ist nach wie vor vollends intakt und braucht dem arg verstiegnen Habitus der Heutigen nicht angepasst zu werden. Vielmehr haben sie sich an die urgewaltigen Gesetze Meiner Gunst und Güte, Meines Wohlverstands wie Meiner Genesis zu halten ohne Murren oder Löken - lückenlos.

Der Reiz in Meinen Schössen liegt in dem Bewusstsein, dass Ich immerzu Unendliches aus Meiner Unerschöpflichkeit zu generieren habe. Das geschieht im weisen und geduldgeprägten Aneinandefügen von Myriaden Genen und Glukosen, Elementen und Verbindlichkeiten sowie weiteren bewundernswerten Qualitäten. Ich Bin nicht knauserig wenn es Mir um das Schaffen einer Einheit aus der Vielgestaltigkeit zu tun ist. *Ein* Gott *ein* Mensch mit göttlichen Manieren wie mit dem Auftrag seine Psyche zu durchlichten bis sie sich sagenhafterweise gottgefällig, seriös, gerecht und geistvoll und vor allem gottesebenbildlich präsentiert.

5.9

Kaum glauben wirst du es wie nah Ich dir in allem Ernste Bin und wie galant und seelenvoll Ich dich in deinem Menschensein behüte. Meine Regel ist: kein Wesens Schwung und Manifest sich selbst zu überlassen, weil Ich Mir bewusst Bin, dass es ohne Meinen Eingriff portionenweis zugrunde geht. Mir aber ist es ausserordentlich daran gelegen, dass in jedem Individuum ein sukzessiver Aufstieg sich vollzieht zu höherwertiger Bewusstheit und schlussendlich zur Erkenntnis seines überaus stabilen Seins in Mir und Meinen hocherhabnen Gottesqualitäten.

Ein gestrichnes Mass an Weisheit, Redlichkeit, Elan und Herzensruhe sind für dich vonnöten um zur absoluten Loyalität Mir gegenüber zu gelangen und damit natürlich auch zu dir dem Schwenkel an der Lebensglocke, der sie läuten lässt in variationenreichen Tönen.

Nichts ist dem Zufall überlassen in den Zügen Meiner Gottesstrategie, die gibt und nimmt und fügt und fördert und die nach dem Weltenwillen wie nach deinem eignen massvoll werden soll in Meiner zauberhaften Himmelsharmonie. Von Meinem Reich der mustergültigen Geordnetheit, in dem Ich ewig heiter weile, strömt beständig und inständig das Unendliche hinab, an dem du dich aufs Trefflichste erlaben sollst in deinen seelenvollen Wundern und Verwünschungen von eigenständigem Plaisir. Du zehrst von deinen äusserst limitierten Kräften und unterlässest es nur allzu oft sie durch Meine unerschöpflichen und sakrosankten zu ersetzen in subtil betrachtender Manier.

Dein Sein soll schliesslich Meinem universenweiten bis aufs Tüpfchen gleichen und soll dir den so sehr ersehnten Herzensfrieden bringen der den Seinsverständigen und bei Mir Eingebürgerten aufs Selbstverständlichste gebührt.

Im Stand der Gnade sollst du sein und leben, lieben und dem Menschen- wie dem Gottesvolke dienen majestätisch, meisterlich und höchst beglückt im Wunderbaren.

5.10

Nur gewissen Schreitens sollst du künftig deiner Wege gehn, derweil du Meiner dich versiehst und die herzinnige Begleitung achtest die Ich dir beständig, unfehlbar und liebevoll gewähre. Der Abstand zwischen dir und Mir soll Tag für Tag geringer werden bis es dir gelungen ist mit Mir auf Augenhöhe durch den Reiz der Erdenlandschaft zu spazieren. Unberührt vom Mahlstrom der Geschichte gehst du dann als ein Gesegneter der himmlischen Gerechtigkeit einher und vertraust Mir mehr als allen anderen die dich mit trügerischen Hoffnungen umfluten. Aufrecht ist dein Gang und zielbewusst dein Handeln geradeso wie Ich es zu gestalten pflege. Mit einem Lächeln auf den Lippen wandelst du durch Meiner Liebesgärten wundervolle Szenerie und ergötzest dich an ihrem Charme und ihrer heiteren und delikaten Süsse.

Wie du dich äusserst kommt von innen her wo Ich in absoluter Selbst-Bewusstheit throne. Tadellos und eines Gottes würdig präsentiert sich dein Benehmen, wissend, dass es Meines ist in unverwechselbarer Güte und Grandezza wahren Überlegenseins, die beredtes Zeugnis von ihm geben.

Mach es gut geb Ich dir auf den weiten Weglauf zu bedenken, der noch offen vor dir liegt und an dessen Anbeginn und Ende dich Unendliches umgibt. Es ist Mein Wille dich mit Leben, Liebe und bestechender Gewandtheit zu beehren, damit du fähig wirst zu resümieren was dir frommt und auszuführen was Ich dir in guten Treuen zu vollbringen anempfohlen habe.

Lässest du dich gehn so heisst das, dass auch Ich dich gehen lasse wohin du immer willst in eigenbrötlerischen Wendungen und unbedachtem Schnickschnack die nichts weniger als Unbeholfenheit und kindisches Benehmen offenbaren. Des kann Ich dich versichern, dass Ich dich von A bis Z voll Inbrunst und Ergebenheit zurück auf Meine Weide rufe, wo sich in dir die Stille des Gemüts beginnt zu regen und wo das Zärtliche die Dominanz erhält an der du wunderbarerweis Gefallen findest und wo dein Ansehn vor Mir wächst und wächst in ausgezeichneten Dimensionen.

5.11

Welcher Kunstgriff käme auch nur einem gleich von denen Ich unzählige vor dir vollführe um dich in fabelhafte Gauen hinter Meinem Gatter heimzuführen. Verbal ist zwar recht vieles zu erreichen, doch bis sich deine Lebensdinge in Natura nach den Meinen ausgerichtet haben, braucht es übermenschliche Geduld, Kapazität des würdigen Belehrens, Unnachgiebigkeit und gloriose Götterfantasie. Solcher Qualitäten inne kannst du sicher sein, dass Ich dich einmal doch zu dem bewegen kann was ewige Genügsamkeit und Geisteshoheit atmet und sich voll Anmut über das Parkett der gottbegnadeten Vernunft bewegt.

Rasant und riesig, regelmässig und riskant muss alles sein was du dir unter die zu wahren Schaufeln stilisierten Nägel reissest, dennoch ist Mein Habitus des Aquirierens deinem haushoch überlegen, weil Ich Unendliches beherrsche und mit Schwung und Andacht traditionsgemäss und fabelhaft vollführe.

Meine Werte sind von einer Nonchalance, Natürlichkeit und Kreativität die ihresgleichen suchen, durch das Sternenall getragen. Darüber magst du voll des Staunens durch den Nimbus deiner Nächte gleiten, doch für Mich ist auch das Überragendste ein selbstverständliches, urwüchsiges Gehaben.

Der profunde Kenner, der Ich Bin, rennt stets weitoffne Türen ein, weil Ich sie selbst gezimmert und geschliffen habe. Das entspricht dem unwahrscheinlichen Charisma, dessen Ich Mich vaterländisch rühme und das Mir multipopuläre Achtung und Bewunderung beschert, ungeniert und leicht verstiegen.

Es taget vor dem Hause mag dir schwänen, doch in Meinem Reduit herrscht immer vollbewusste Makellosigkeit und Klare des Befindens, die Mein Einstand und Erröten sind in sagenhaft olympischen Dimensionen.

5.12

Zu guter Letzt wird alles eitel Wonne sein was sich Mir entgegenreckt um Mein götterlichtes Strahlen gierig zu geniessen. Was beliebt wird auch gesucht, und wer des Suchens fähig, kompetent und fieberig geworden ist wird fündig noch und noch in Meinem universenweiten Seinsarchiv.

„Plug in" wird es bald überall für stromgestützte Fahrer heissen. Doch sollst du dir dabei bewusst sein, dass dasselbe schon seit Urzeit zwischen dir und Mir geschieht im Spenden der enormen Kräfte die Mir eigen. Andocken aber ist seit jeher deine noble Pflicht und Schuldigkeit gewesen. Überall in Meinem Reich ist Kraft von Kraft vorhanden deren

Wohltat und Rendite dir beständig zur Verfügung stehn. Die Kunst des Stilleseins und Lauschens zu erlernen sei dir ein Bedürfnis ersten Ranges das Ich dir nie genug empfehlen und plausibel machen kann. Meinem Götterwillen ist's beschieden dieser Hinsicht so vollkommen zu genügen, dass Ich jeder noch so leisen Regung inne werde die im Weltenall geschieht. Mein nach innen wie nach aussen sinngewandtes Seinsgewissen waltet so und so im Sinn des Etablierens grandioser Weisheit, Weitsicht und Entschiedenheit, die allesamt auch dir zutiefst zugute kommen. Das Richtige und Richtungweisende ist alleweil auf Meiner grünen, kühnen Seite aufzufinden. Vernünftig Bin Ich in der Meditation der Seinsgesetze die für jeden Fall die angemessene Bedeutung haben.

Was dir von Mir entgegenströmt ist eine Wohltat für dein Wesen und ist aus liebevollem Miteinandergehn getan.

5.13

Um deine Seelenheilung zu erreichen braucht es dein profundes Gottvertrauen das sich Meinem angleicht in der Folge der Erfolge die du vorzuweisen trachtest. Alles was Ich für dich unternehme ist geprägt vom Willen dich zur Lebenstüchtigkeit und Harmonie mit der Natur heranzubilden. Das bedingt von deiner Seite dezidierte Ehrlichkeit dir selber gegenüber sowie die Erkenntnis, dass Ich in dir walte vom gottseligen Gedanken bis zur meisterlichen Tat. Die Blamage kannst du dir ersparen ganz auf dich allein gestellt agieren, potenzieren, sensibilisieren und an sich gefällig sein zu wollen. Höherer Kräfte sollst du fündig werden die dich bis ans Tor zum absoluten Seinsvertrauen und zur Seligkeit im Herrn geleiten. Trittst du traulich ein und lässest alle Widrigkeiten hinter dir durchflutet dich der Wohllaut Meiner Märchensage vom Bewusstsein der Allherrlichkeit das in dir darauf wartet auferweckt, mobilisiert, gepflegt und reingefegt zu werden. In All-Heilung darfst du ungesäumt verfallen, darfst in der Heiligkeit des Himmels ruhn der sich dir radikal dahingegeben. Aufgehoben ist Mein Veto vor dem Seidenglanz mit dem Ich dich behänge und verdattert von dir weggezogen aller Erdenwahn.

Was bleibt ist wirklich da und ist von Meinem Geist geprägt und dazu aufgeboten dir und aller Welt zu dienen in der Fürstabtei der ewigen Gerechtigkeit die Mir zu eigen. Taue auf und lass dich von der Sonne Meines Seins-Verführens in den Zustand der Erhabenheit und Lebensliebe locken.

Das gewähre Ich dir alleweil, wenn du dich sputest Meinem Willen auf die Spur zu kommen und auf ihr den Gang zur seligen Erneuerung und Würdigung der Taten Mir zulieb in deines Himmels Bläue anzutreten.

5.14

Netto gezählt wird von Mir alles was du aufgerafft und hingegeben hast in deinem variantenreichen Leben. Da wird nur wenig für den Himmel wirklich taugen, weil selbst die überragendsten Verdienste weltlicher Natur das enge Pförtchen nicht passieren können durch das du eintrittst in die Geistessphären. Da schauen Meine Hüter wachen Auges auf dein Resümee aus Erdentagen und heissen dich gar vieles hinter dir zu lassen was dir wichtig war, weil es zum Kram geworden ist vor Götteraugen. Dein Makelloses jedoch wird geschätzt und hochgehalten vor Mich hingetragen zur Vermehrung Meiner Hofkultur an der die Seinsverklärten ihren wunderbaren Anteil haben.

Du darfst dir dann erlauben alles Edle und Gewissenhafte, Philanthropische und Liebenswerte das du dir erdachtest wie ein Loblied auf das ehrenvolle Milieu von Meinen Gnaden vorzutragen um die Gemeinde der erhabnen Geister gütigst und geflissentlich zu unterhalten.

Andrerseits jedoch wirst du von Mir an das erinnert was noch der Tilgung durch die Tat bedarf in einer neuen Inkarnation die dich gebürend weiterbringen wird bis zur Erfüllung aller deiner Pflichten und Veredelungen. Sie werden dich zu einem redlichen und weisen Bürger Meines Reiches stilisieren. Mache dir nichts vor doch freue dich auf das Ereignis ewigen Aufenthalts im wahren wachen Guten das dein Sein war und nun wieder ist in Mir. Darin wird dir die Offenbarung geistiger Erlesenheiten, seelenvoller Liebeswonnen und Verheissungen des Lichts in das du eingetaucht bist und durchströmt von ihnen. Die wunderbare Harmonie des Himmels hüllt dich liebevoll und zärtlich ein und vermittelt dir die Achtung und Verehrung die die Geister Gottes für dich übrig haben. Du schweigst in deinen Seligkeiten und erfährst was wahres Freisein ist und simultanes Angeschmiegtsein an das göttliche Geschehn von namenloser Süsse und von Meinem Zauber der beglückt und der die reinsten Blüten reiner Fantasie erblühen lässt im Wunderbaren.

5.15

Das Schöne liebt sich selbst in wonnevollen Zügen und bezeugt sein Glück in Liedern der Allherrlichkeit vor Mir. Es errichtet weltweit Bünde rosenroter Rosen und beseligt vieler liebevoller Herzen stattliches Potential.

Du gewöhnst dich rasch daran in der Gemeinschaft mit den Gaben Gottes fürstlich, fabelhaft und anspruchsvoll zu leben und vergissest dabei bald einmal den Spender aller Herrlichkeiten dieser Welt mit allen ihren graziösen Garnituren. Es ist die paradiesische Natur in welcher du dich wie in einem Märchengarten sehen und bewegen sollst voll Dankbarkeit und Herzensgüte ihrem stillen Dasein hingegeben. Sie kann sich gegen Frevelhaftes ja nicht wehren und ist deiner Pflege und Verehrung sehr bedürftig damit sie ihren Glanz behalten und behaupten kann durch das Rauschen ungezählter Generationen. Weide dich an dem was Ich dir gütlich, frei heraus und üppig offeriere und liebe ihren Wohlstand mit des Herzens ganzer Inbrunst noch durch manchen friedevollen Tag.

Ich lasse es Mir angelegen sein Mein Wort zu halten das da lautet: Wie im Garten Eden sollst du leben in der Erdenwelt und dich voll Glück und Seligkeit von ihr beschenken lassen fabelhafterweise und glückseliger Folgen schwer. Doch du verschliessest dich vor ihren meisterlichen Gaben und zerstörst was sie dir bietet. Du nimmst und nimmst und ohne ihr, wes' sie bedarf, zurückzugeben. Es mangelt dir an Seinsvertrauen derweil du der profanen Raffgier meilenweit erliegst und ohne zögern schädigst was doch dir und vielen andern dienen will und wollte.

So warte Ich und warte auf die Wiederkehr der Trautheit die die armgewordnen Menschenseelen mit Mir pflegen sollten. Ohne jeden Vorbehalt erheb Ich sie in das Bewusstsein Meiner Gottesgründe die von seelenvoller Heiterkeit und liebevollem Aufeinanderzugehn was verstehn. Du trittst dein königliches Erbe sogleich an, wenn du dich wahrhaft nach Mir sehnst und deine Hoffnung auf Mein Kommen setzest, jetzt und immerdar voll Zartheit, Liebenswürdigkeit, Erlesenheit und herzlichem Erbarmen.

5.16

Als Kastellan der guten Hoffnung sollst du die Menschenburg erhalten und verwalten mit der du dich umbaut hast um dich vor Unbill und Gefahr zu schützen. Empfindsamkeit in Sachen Leben und Bestehn mag recht und schön sein doch als Quintessenz des Existierens gehört Mein Einfluss unbedingt dazu. Es ist die Gabe der sich wunderbarerweis vermehrenden Bewusstheit die Ich dir ins Bett der Freudschaft mit den Himmelsgeistern lege. Du hast für alle Weltendinge wach und wacher, reif und reifer, konditioniert und aufgeschlossener zu werden. Du begreifst wie die Geschichte des Planeten sich in mächtigen Äonenschritten stufenweis vollzieht indem das Eine aus dem Andern sich nach logischen Begriffen bildet und nach dem Willen der Allgüte Meiner Über-Ichheit zustrebt, wahrhaftig und aufs Äusserste gediegen.

Ein jeder sollte sich zu dem berufen fühlen was Ich Bin in Meiner Seinsgerechtigkeit, Erhabenheit und Daseinssüsse. Dein Ziel ist es dich aus den Windungen, Verwünschungen und Schlingen des profanen Lebens zu befreien, um schlussendlich in von Mir begnadeter Manier als übers stillgelegte Meer der Leidenschaften wonnevoll dahinzusegeln, seinsglückselig, ewig heiter und zufrieden ohne Wiederkehr.

Traust du dir das zu, so kann Ich dir zutiefst vertrauen und dabei mit sinnender Behutsamkeit in deines Daseins prunkgesättigter Menagerie zum Rechten schauen. Du spürst den Zug zur Reinheit, Einfalt und Besonnenheit in deinen Gliedern und gewinnst dabei die Kraft zum Aufstieg in die höheren und höchsten Sphären. Es ist die in sich selbst versonnene Gottseligkeit die sich dir widmet, anschmiegt und tiefinnig weiht. Die Harmonie des Himmels ist es, deren Trautheit und markante Unversehrtheit dir gehört für alle Zeiten und Gewinste, immergrünen Räume, Gärten und bewussten Wanderungen durch Mein Sein im Wohllaut nie verebbender Holdseligkeiten.

5.17
Kontrapunkte sind aufs Beste dazu angetan das Equilibrium herbeizuführen das in allem Leben nötig ist um Harmonie, Gerechtigkeit und Frieden zu kreieren. Alles in den lebevollen Welten spielt sich in markanten Dualitäten ab die sich gegenseitig potenzieren, bejahen und negieren oder sich die Hände reichen in der grandiosen Schau die sie allüberall voll Verve und Langmut zu gewinnen haben. Deine noble Pflicht ist es ihr Dasein zu durchschauen und von Fall zu Fall die bessere und blütenreinere Verwirklichung zu wählen.

Symmetrie in allen Dingen solltest du mit Eifer und Verbindlichkeit herbeizuführen suchen und dich auch darum bemühen Gegensätze, dort wo sie zur

Ungerechtigkeit und Willkür führen, aufzuheben oder sie zu mildern im allmenschlichen Gehaben.

Was du in dieser Hinsicht an Vorbildlichem vollführst wird auch nach dir in vielen offenen Gemütern noch bestehen bleiben oder gar vermehrt und als Errungenschaft verehrt und intensiv gepflegt und hochgehalten werden. Ebenso die Feindschaft zwischen Licht und Dunkel kann so sehr vom Lichten überstrahlt sein, dass die Helle haushoch überwiegt und sich die Myriaden Seelen leidenschaftlich und bewusst nur noch nach dieser sehnen.

Was du konsequent verfolgen sollst sei überall der Wahrheit auf den Grund zu kommen und sie auch mit jedem Wort zu pflegen das dein Wesensein verlässt, ja, bevor es überhaupt aus dir hinausgegangen. Das Wahrhafte führt dich ungesäumt zu Meinem Throne und gestattet dir, an Meiner Seite wie als ein mit Mir Vermählter aufzutreten. Du gewinnst enorm an Achtung vor dir selber wie vor allem Volke, das die Art und Weise deines Seins verehrt und dich zum Führer wählt in vielen eminenten Lebensdingen und Entscheidungen zu seinem radikalen Wohl.

Ich Bin die Wahrheit sagt der Gott der Stärke, und wendest du dich ihr voll Seele zu so Bin *Ich* es den du zuinnerst findest und wonniglich zutiefst erlebst.

5.18

In veritablen Tranchen hast du deine Schulden bei Mir abzutragen, lieber Hamsterer an Leib und Gut und Leben. Das heisst du sollst von dem was du von Mir erhalten hast auch tunlich alles weitergeben was der Welt zum Wohl gereicht in ihren multiplexen Unternehmungen, Strichführungen und Adjustasen.

Wie logisch will das tönen und dennoch glaubt bald jeder er habe nur für sich allein zu sorgen und vergisst dabei wie sehr schon Generationen vor ihm um sein Gleichgewicht, sein Wohlbefinden und sein Resümee besorgt gewesen sind. Um sich eines Eignen zu entschlagen braucht es Einsicht, Mut und Anerkennung einer Sozietät, die über jedem Einzelnen besteht und ihm zur Basis wird für alle seine gloriosen Taten.

Was bei Mir wirklich zählt ist deine tätige Bereitschaft zur Verwendung deiner Güter wohlüberlegt im Sinnkreis der Gemeinschaft der du angehörst in immer weiterem Umkreisen. Schlussends erreichen sie das andere Ufer, nämlich Mich, wenn auch in noch so viel verdünnter Konzentration. Doch dann wird es ein Fest für dich, das Feste wieder zu berühren und an ihm den Halt zu finden dessen du wie nichts bedarfst in deinen zweifelhaften Schaukeleien.

Ich verschaffe dir von Schritt zu Schritt die Zeichen und Markierungen an deinem Wege, die dich sachte aber sicher und gewollt bis ins Unendliche führen. Dass du dies liesest ist ein solcher Wink ins ewige Gedeihen, dem du, wie alle Welt, aufs Innigste von Mir geweiht und auserlesen bist. Es gibt auch jetzt wie alle Zeit den Weg, die Wahrheit und das Leben, die Ich Bin und die dich unfehlbar und tüchtig heilen von jedwelchem Wahn. Wie schön ist es, sich dem Erhabenen, im Geistraum thronenden und Allverbindlichen, vollends und unverzüglich anzutrauen im Vermählen aller deiner Angelegenheiten mit der Wucht des göttlichen Gebarens die in vielverzweigten Lüften liegt der Audienz die Ich vorzüglich für die Immertreuen offen halte. Ihnen zugewendet ist Mein heilig Ohr und Meine Tugend feingefühlten Lauschens. Alles was du dir ersehnst erreicht Mein eignes Sehnen das Ich unbedingt und väterlich erfülle mit dem Glück der Herzensharmonie, der strömenden Holdseligkeit und des intensen wonnevollen Friedens.

5.19
Wache auf zu Mir und reibe deine Äuglein aus um schon im Frührot Meines Daseins Pracht und Herrlichkeit zu schauen. Doppelzüngig ist die Welt der Tiefen, doch nur *eine* Rede führt die Meine in den Höhen, *die* der Lauterkeit und Generalität, der absoluten Stärke wie des zärtlichen Gemüts im Wunderbaren. Du wirst es noch erleben, wie subtil und seelenvoll, beherrscht und graziös Ich sein kann in der bildhübschen Folge Meiner Edelmütigkeiten. Es ist die allergrösste Gnade Mich mit so viel Feuer und Begeisterung am Weltenwerk zu sehn. Das Ernste kommst mit Vehemenz und Überlegenheit, Scharfsinnigkeit, Diplomatie und göttlicher Gelassenheit zum Zuge, doch das Spielerische und Verspielte, Poetische und Traubentänzerische dominiert in Meines Reiches silberhellen Bonitäten.

   Das Natürliche vollzieht sich in gestrengen Regelungen die bei allem virulenten Wachsen rigorose Grenzen ziehn. Das schafft die Anmut der Gestalten und bewirkt, dass die so hochkomplexen Schlingen und Systeme lang und längstens überleben. Das Demokratische zielt ebenfalls die Dauer und die Wohlfahrt genialerweise an. Es appelliert an die Vernunft der vielen sich dem Gemeinschaftssinn zu unterziehn, der Frieden schafft und Seinskultur in den dichtgedrängten menschlichen Bezirken.

Bist du dir bewusst wie sehr dein Sein so oder so der integrierte Teil ist eines Organismus menschheitlicher Prägung der nur existieren kann, wenn überwiegend viele in ihm sich nach dem Grundsatz der Geselligkeit und Rücksicht, Liebenswürdigkeit und Redlichkeit verhalten. Ich verleih dir Kraft dich in das Multiplexe einzufügen und um dir allgemach den Sinn fürs allgemeine Gottesgeist-Durchsetzte anzueignen. Mein Ziel und Meine Wende ist es, eine Menschheit zu kreieren die durch ihr Wohlverhalten das Elysische zurückgewinnt das ihren Ursprung segnete. Ich will sie wieder auf die Stufe göttlichen Gedeihens heben wo die Einsicht ins Unendliche das Zepter führt und wo die Winde des Erbarmens und Erwarmens durch die stillgewordenen Gemüter wehn.

5.20

Was wirkt trägt auch den Wert des Ewigen in sich, zu Meinem gloriosen Sein erhoben. Hast du begriffen wie du wirklich zu Mir stehst, kannst du in namenloser Ruhe durch die Weltenzeit spazieren. Weder links noch rechts brauchst du auf das Gewürm zu achten, das deine Wege korrumpiert: es sind die Zweifel an dir selbst die dich in die Verzweiflung treiben wollen.

Gewahrst du Meines Kraftens, Saftens und Erhebens Stil in deinem Dich-Begründen ist dein Seelenblick, allwie durch einen Zauberspruch gebannt, auf Meine Gegenwart gerichtet und verharrt im Wohl des reinen Seins in hocherhabnen Göttersphären. Du strahlst von dem was dir geschieht ein all so sanftes

Leuchten in den Umkreis deines Wirkens wider und gebierst damit die Liebenswürdigkeit und Lebensfreundlichkeit an sich, die die von ihr Gesegneten tiefinnig spüren. Was hast du nur auf dieser Spur noch weiter auszutragen? Du hast ja alles, was geschehen kann, getan um eine Welt der Schönheit, Seinsgewissheit und Erschlossenheit Elysiens zu kreieren.

Mein Manifest steht klar vor aller Augen aufgerichtet firm und farbig da, um Sicherheit und Segen, Überzeugungskraft und unbeugsamen Mut zu spenden. Die Lebensquereleien all entschwinden vor dem einen Unsagbaren, das dich führt: Dem Wissen um unendliches Gefieder das dich silberhell umlichtet, um die Räume deines Seiens rein und koscher zu erhalten und erfüllt von Meinem Strahlenmeer.

Das Bleibende bleibt auch für dich in Ewigkeit erhalten, das Kommende geschieht im Jetzt und leitet, was vergangen ist, hinüber in Mein Licht und Brausen, Meine Zartheit und Behendigkeit sowie in Mein Voll-Seligkeit-und-Liebeswonne-in-der-Wesenswelt-Beruhn.

Garant für Schönes

6.1

Garant für Schönes, Liebenswertes und Beschauliches Bin Ich dir immer wieder, wenn du nur, in dich versunken, vor Mir ruhst und Meiner Qualitäten inne wirst in unerhört beglückenden und losgelösten Lebenszeiten. Du siehst dich in der Lage alles noch so Anspruchsvolle spielend zu bewältigen das auf dich zukommt in geharnischten rechthaberischen Portionen. Du schweigst und würdigst das Geschehen mit den Worten: Mir ist alles recht, wenn Ich nur weiss, dass es sich in der Güte Gottes abspielt welche weiss was Mir zu Lernen Not tut in den vielverschlungnen Lebensphasen.

Ein sehr pikantes Lernen ist es auch für dich jahraus jahrein was dich zu einem Meister werden lässt in Lebens- wie in Liebessachen auf den Gang der Welt bezogen. Meister sein jedoch bedeutet auf geradem Fuss mit Mir zu stehn und mit Meinem Willen gleich zu ziehn der allem eine noble Note und den Touch verleihen will vollendeten Gebarens. Alles steht dir frei in deinem Eifer zu vollbringen, doch wenn es schädlich ist musst du auf irgendeine Weise auch den Schaden tragen. So ist es beinah müssig zu erwähnen, dass das Gute Gutes bringt und alles Gottgefällige die Seligkeit des Herzens in der Folge der gewissenhaften Taten.

Mein Ansatz ist die kurzgefasste bei Mir gängige Parole: Sei und liebe alles was dir so beschert ist durch das Leben. Es wird dich dafür königlich belohnen und dein Sein auf eine Stufe setzen die von jedermann bewundert und geschätzt wird. Gottbegnadung ist zu nennen was du offenbarst und sich verströmende Gottseligkeit was deines Lebens Wege ziert und blühen lässt in wundersamen Qualitäten.

Du verbindest jede Regung deines offenen Gemüts mit Mir dem allerfüllenden Verheisser grandioser Zeiten, die für dich Erfüllung, Lebenswonne und bewundernswerte Liebenswürdigkeit bedeuten.

6.2
Was immer du vollbringst ist zeitgleich Mein Vollbringen und was du dir erlaubst muss stets von Mir beglaubigt werden, wenn es nicht Schiffbruch und Kalamität riskieren will in seinem willensstarken Brausen.

Ich gewahre Ewiges in Meinem Schauen derweil du dich vom Tag zum Tage hangelst um von Fall zu Fall dein klägliches Bedürfen zu befrieden. Aus diesem träfen Grunde ist es absolut gegeben, dass wir nicht als Kontrahenten sondern als getreue Mitbegründer einer neuen Geistkultur zusammen durch die angezettelten Äonenzeiten gehn. Das ist klug und allseits würdig in dem Universenkontex der so lange schon besteht, dass es verwerflich ist daran zu rütteln im Gefolge krassen Missverstehns.

Wie ein federleichtes Segelschiffchen sollst du durch das Äthermeer flanieren und im zielbewussten Kreuzen Meiner Nähe näher kommen.

Schaufle nicht, vom Wurm besessen, an dem eignen Grab, sondern schaffe Schönheit im Saluberen und Makellosen das Ich Bin und das sogar die Sterne unterweist im Universentanzen. Meine Meldung lautet: Meide das Zuviel und halte dich geziemend und getrost an Meiner grünen Seite wo die kühlen Wasser spriessen und wo deine Wege sich mit Meinen wunderbarerweise kreuzen. Furcht und Ehrfurcht Mir entgegen sollen dich begleiten, damit du nicht im Übermut den Weg zu Mir verstolperst und damit die glückerfüllte Ankunft sabotierst.

Ich habe alle Hände voll zu tun um jedem einzelnen der Myriaden seine ihm gemässe Lehre zu erteilen. Das ist um so strapaziöser wie der Freund, der du Mir bist, Meiner Perspektive seine eigne übersetzt und dabei noch glaubt ein Wunderwerk an Weisheit zu vollbringen.

Weise Bin nur Ich und weil Ich weiss worum es geht darf Ich auch frohgemut und feierlich in Meinen Universenräumen weilen.

6.3

Das Kapitale schlägt von Tag zu Tag ein neues Seinskapitel vor Mir auf, derweil Ich recht gemächlich seine vielbesprenkelten und kuriosen Seiten zähle. Das Gelungene wird grün markiert, was schmählich Mir misslang muss rot erglänzen, damit es auffällt und vermieden werden kann in künftig ausgeheckten Operationen. Achtsamkeit auf was du tust und auf was du dir geworden bist tut Not in deinen Schichtungen, Geschichten wie in deinem kindischen Benehmen, damit du es mit dem vergleichen kannst was Ich zu tun empfehle. Da ist noch manche Meile auf dem guten Pfad zurückzulegen bis die Rechnung mit Mir aufgeht und die Lebensdinge sich in Anmut und Verbindlichkeit vollenden.

Wo die Wahrheit sich verbreitet ist gut sein und wo du ihr Arom eratmest strahlt das Heil und die Beseligung aus deinen Sternenaugen. Du gewinnst das Paradiesische durch Offenheit und Seriosität Mir gegenüber und kannst es sogleich durch die Tat bezeugen. Was Mir wohlgefällt muss ganz gewiss auch dein Gefallen finden und daraus ist abzuleiten, dass dein inniges Verbundsensein mit Mir das Lichte, Leichte und Erhabne generiert, an dem du dich erlabst und in bewundernswerten Seligkeiten wiegst von Himmels Gusto, Glorie und Gnaden.

Bedenkenlos kannst du dich jederzeit in Meine Obhut, Hand und Heiterkeit begeben, derweil Ich dir schon immer haarklein und bedeutungsvoll bewiesen habe wie getreu Ich Bin in Sachen Loyalität und Freundlichkeit mit den Geliebten Meines Herzens hier wie im Unendlichen die für Mich dasselbe sind im geistigen Bereich wie in der dominanten Sensibilität mit der Ich alles Weltliche schon immer pflegte.

Was du mit Mir gewinnst ist alles was es je für dich und deinen Anhang zu gewinnen gäbe. Was wie ein Märchen klingt wird unvermittelt wahr sowie sich Meine Tore öffnen wenn du nur die Gnade hast daran zu pochen, vehement und liebeszart im Wunderbaren.

6.4

Der Inhalt mag derselbe sein, doch was du damit anstellst ist von Fall zu Fall aufs Äusserste verschieden ganz nach deiner Haltung den Ereignissen des Tages gegenüber. Du schaffst und schaffst mit einem Einsatz ohnegleichen an dem Werk das wie für dich gemacht vor deinen Händen liegt. Doch am Ende musst du dir gestehn, dass es nichts taugt, weil vieles daran noch ein eklatanter Fehlgriff war. Du beginnst es neu und siehe da, es wird zu einem genialen Wurf, dem viele aufmerksam Gewordene Bewunderung zollen. Da war eben deiner Fähigkeit zu lernen und dem Werke einen neuen Touch zu geben glänzender Erfolg beschieden. Zum Genialen jedoch habe Ich entscheidend beigetragen, weil Mein Innesein im Weltgewoge von Äonen des Erfahrens und des Wissens wie geprägt ist. Das macht, dass Meine Diktion dem Menschenwerk den eigentlichen Schwung verleiht, der es über vieles Mindere hinaushebt, wo es sich im Glanze Gottes sonnen darf. Willst du in demselben Sinne reüssieren so halte dich von allem Anfang an an Mich und Mein Vermögen unvermittelt Grandioses zu kreieren.

Nur das Meine ist intakt und fähig selbst die kühnsten Hoffnungen mit Nonchalance und Überzeugung zu erfüllen. Intense Freude folgt dem auf dem Fuss was du in Meiner Obhut und Geläufigkeit vollbracht hast. So viel Weisheit liegt auf Meiner Zielgeraden, die zu deiner wird, wenn du nur einsiehst wie geschickt und gnadenvoll Ich alles für dich arrangiere. Trau Meinem innern Wort und du darfst frei heraus in unsagbaren Freuden leben; wende, was dir von Mir frommt, gebührend an und deine Wege sind vom Jubel der von dir Begeisterten erfüllt und ihrem übermütigen Gehabe.

Dein Leben wird - und wird erst effizient und wirklich unter Meiner Strahlkraft und Regie. Im Grund genommen brauchst du keinen Finger mehr zu rühren alsogleich wie Ich die Meinen mit im Spiele habe. Du gewinnst mit Meinem Einsatz und brauchst weiter nichts zu tun als Mich für alles was da ist aufs Innigste zu loben.

6.5

Unverschränkt und offen stehst du dann vor Mir, wenn du dir deine Liebe zu Mir eingestehst und nach ihr handelst ohne nach viel anderem zu schielen. Es mögen dir zuhauf Verunglimpfungen, harte Rippenstösse, Reibereien und Entbehrungen geschehn, du lässest dich in keiner Weise weg von Mir ins Glitschige, Abschüssige und -trünnige manövrieren. Dir gilt die Formel: „Gott allein ist gross und ist Mein Helfer und Galan", mehr als alles andere was dich zur Unbeständigkeit und zum perfiden Schlendrian verführen will in deinen fulminanten Lebenslagen.

Was ist da mehr von dir zu sagen als dass dein Sein auf diese Weise tief beglückt, gestillt und in sich selber ausgewogen ist in einem Mass, von dem selbst die Berühmtesten der Lebemänner, Diven und gekrönten Häupter kaum zu träumen wagen.

Was du dir Bist in Meiner Nähe und Broschur kann von keinem noch so gloriosen Angebot und Leckerbissen überboten werden. Du Bist dir ganz gewiss, dass du dich auf des Daseins glänzendem Zenith und Zirkular befindest, von dem die Liedermacher und Poeten ihre schönsten Verse und Vertonungen von sich geben.

Alles was du unternimmst in dieses Zustands Allegrie und seliger Begeisterung am Leben hat Format und ist von jedermann geschätzt und als beliebtes Vorbild hochgehalten. Du schweigst derweil die Menge dich umjubelt und dir Verdienste zuhält, die du längst noch nicht errungen. Dies alles jedoch lässt dich kühl und fördert die Bescheidenheit in der du auftrittst und dein Soll verrichtest vor der Menge der Bewunderer und sachverständigen Propheten. Ihnen gilt es das Reelle vor den Seelenblick zu rücken und sie dort zurechtzuweisen wo das Übertreiben seine Blüten produziert.

Was Mein ist ist zum vornherein gesegnet und darf getrost im Himmelslichte glänzen, das von Mir ausgeht und in dem Ich Bin voll Seele und mit allen Qualitäten ausgestattet die die Welt zur Einheit, Friedefertigkeit sowie zur immerwährenden Beseligung Elysiens führen.

6.6

Ich trachte nach Beständigkeit und Frieden, derweil du dich noch überall verzettelst und das Lebensglück am falschen Orte suchst. Wann endlich fällt's dir auf, dass du beständig um dieselbe Stelle trippelst statt mit weitgespannten Schritten tüchtig in die goldnen Fernen auszuholen? Vergeblich stosse Ich dich täglich tüchtig an, um dich von deiner Lethargie wie von den blankgefahrenen Geleisen abzubringen, die Gift für deinen Fortschritt sind und dein von Mir gefordertes mit Sinn geladenes Gebaren. Ich aber klopfe immer vehementer bei dir an so lang bis dir die Schicksalsschläge auf die Nerven gehen und du dich endlich ändern willst vom Trott zum muntern Traben.

Du beginnst dein Sein mit positiven Kräften und Gedanken aufzuladen und reinigst damit deine Räume von dem Unrat der sich darin angesammelt hat seit Generationen. Dein Lebensstil und -spiel wird frischer, freier, fröhlicher und formvollendeter als wie er vordem jemals war. Die Winde der Begeisterung am positiven Tun beginnen sich zu regen und du schaffst es, schaffend, schöpfend und die Welt bezaubernd aufzutreten. Du fügst dem Manifest der Hoffnung auf brillante Zeiten manche selbstverfasste Zeile zu, die dich schlussendlich zum bedeutenden Erfolg und zur bezaubernden Rendite führen.

Das Vertrauen in dein Sein entschlüsselt dir das langverschlossene Geheimnis von den Riesenkräften die in deinem Sinnkreis wohnen. Du lässest sie nun für dich walten und gestalten und gewahrst voll Glück wie sie dich auf die sichere und seelenvolle Seite ziehn. Gebrochen ist der Bann und deine Züge nehmen das Manierliche der Gottesfreundschaft an die dir wie nichts zugute kommt in deinem wunderbar gewordnen Streben. Halleluja darfst du singen und voll Dank die Fluren reinen Glückes überspringen an allem was du Bist und bist dir unter Meiner liebevollen Himmelsgrazie geworden.

6.7

Ein Moorbad hin und wieder kann nicht schaden, doch darauf musst du dich im reinen Wasser Meiner Zunft und Güte baden, dass dein Sein in Glanz und Glorie sich vollzieht und unter aufmerksamen Götteraugen. So wisse denn, dass dein Gedankenleben offen vor Mir liegt derweil Ich dich Bin in der vielverschlungnen Kette der Äonen. Da kann es kein Entfliehen oder Sich-Verbergen geben. Vor dir selber bist du immer da und registrierst in jedem Augenblicke was geschieht, um dann das meiste scheinbar wieder zu vergessen. Ich jedoch vergesse nie, denn jede deiner miserablen oder glänzenden Ideen ist unweigerlich in Mich geprägt und bleibt für alle Zeit erhalten. Mehr noch: Deine schmucken Innovationen ziehen andre gleichgestimmte an und alle tragen in sich die Tendenz sich zu verwirklichen. Sie bringen sich galant in Pose und versuchen dich für alles zu gewinnen was sie durch dich geworden sind. Gehst du ein auf sie verstärkst du ihren Einfluss und sie führen dich voll Nerv zu grandiosen Taten oder ins Verderbliche je nachdem wie sie beschaffen sind.

All dies ist es was Ich mit dir teile als dein Synonym, Pendant, Gevatter und Galan in deinen einflussreichen Höhen- oder Tiefenlagen.

In jedem Fall kommt dir Mein Auftrieb sehr zustatten, weil er die Lebensdinge klärt und das Begonnene zu einem guten Ende führen will und sei es über Generationen.

Ich Bin du und du bist Mich auf eine Art und Weise die besticht und die den Willen in sich trägt das Götterlichte zu vermehren und am Ende zur Gediegenheit, Glückseligkeit, Begeisterung und Wohlfahrt des Olymps zu führen.

6.8

Mehr als was Ich Bin kann Ich für dich nicht sein, doch dieses ist das allumfassende Arom der höchsten Güte, Qualität und Seinsgediegenheit die *sind* und die sich allen Wesen aufs Bekömmlichste und Liebenswerteste verstrahlen. Eine Ahnung von der Wucht und Wehrkraft geistiger Potenzen kannst du dir verschaffen, wenn du Meinen Einfluss, Mein lebendiges Gewicht und Meine Himmelsgrazie vergleichst mit dem der Sonne, die mit ihrem Licht Unendliches erhellt und heilt und heiligt über alle Massen. Verklärt sind alle, die Mich wahrhaft schauen in der Unermesslichkeit der Sphären ebenso wie in der Mitte ihres Wesens als das Sein vom Sein aus dem sich alles was da *ist* in wunderbarer Einigkeit erschliesst und seiner Liebeskräfte Bund ins Weltliche ergiesst in nie verebbendem Erlaben.

Sieh du zu, dass du dich innig freuen kannst an der enormen Vielfalt Meiner götterlichten Gaben, indem du offen bist für das unendlich Lebensvolle das Ich dir mit Vehemenz versende und das in seiner Unerschöpflichkeit die Summe aller Kräfte darstellt die das All gebieterisch durchfluten. Spüre du was Ich aus Universenprächtigkeit gebäre und erfühle dich als Wesen Meiner Gunst und Kunst im Mich-an-dich-Verschenken ohne jeden Anspruch ausser einem: Dass du dich erkennen sollst als Mich in Corpore mit den in dir versammelten und webenden, allherrlichen und auserlesnen Qualitäten die da sind: Genie im Schaffen, Loyalität mit allen Wesen und damit Gottesliebe in der Tat.

Du bist geradeso wie Ich es Bin das Eine unter vielen und im Vielgestaltigen das unerhört Gesammelte das Ich Mir Bin vornehmlich auch in deiner fabelhaften Geistesgrösse. Du lebst im Willen das in deine Hand Gegebene bis ins Unendliche zu vermehren wie von der Absicht mehr zu sein als du schon bist, so wie es alle Gottgesegneten voll Inbrunst intus haben.

Was Ich will ist: Das Bewusstsein wahrer Menschengöttlichkeit in euch zu zeugen deren Rang und Klang und Namen Meinem gleicht bis ins Identische mit dem Ich in euch wirke seit Äonen. Die Basis dessen was ihr seid, Bin Ich seit eh und je gewesen und der Aufschwung den ihr leistet kann nur Mich zum Ziele intus haben über Generationen hin die ihr zurücklegt um schlussends zu keinem andern als zu Mir zu kommen.

Mein Gewicht wie Meine Leichte sind als liebevolles Brautgeschenk in dich gelegt mit dem Ich mich mit dir aufs Innigste vermähle. Damit ist dein

Sein von Meinem nimmermehr zu unterscheiden und dein Trachten gleicht aufs Haar dem Meinem in der Virtuosität mit der du deinen Lebensdingen Glanz verleihst und Gottesminne, Kreativität und Qualität in überragender Manier. Du Bist, um Mich in jeder Hinsicht zu vertreten und um Mich darzustellen in der Welt der Güter und Gepflogenheiten, Konfrontationen und Versuchen eins zu werden unter der Ägide Meines Wirkens, Wissens, Meiner Weisheit, sinngeladenen Gerechtigkeit wie Meines gottgegebnen Wohls.

Ich wese in den menschlichen Gemütern allsolange bis die Einsicht ins unendliche Gedeihen sie zur guten Tat bewegt. Nichts und niemand kann dem Gott der Wahrheit und Wahrhaftigkeit entkommen, denn in jedem ist das Seinsgewissen etabliert das Ich mit vollendeter Geduld erwecke und schlussends zur zauberhaften Blüte stilisiere. Ich kann dich nimmermehr verlassen, weil es für dich keinen Ausweg gibt als den zu Mir. Das heisst ins Wesen des allherrlichen Geduldens an sich selbst im Zug der Evolution die Ich vor zig Zeiten angezettelt habe. Weide dich an dem was du schon Bist und lass dich von Mir zu immer saftigeren und lebensspendenderen Weiden führen. Das ist das Credo Meiner Kompetenz und Geistesgüte das Ich dir voll Grazie und Seelenseligkeit als Inbegriff des wahren Seins ins Herz verströme.

6.9

Mein Wille und ein Weg, der Meine, in allem was da *ist* und sich in Souveränität entfaltet und schlussends erhebt zu dem was Ich Mir Bin in ihm und seinem Anhang seit Äonen. Deine Kleinwelt ist vom Netzwerk Meiner genialen Geistesgegenwart durchzogen die den Lebensdingen Halt und Richtung, Seriosität und Tunlichkeit verleiht in allererster Linie, derweil die Deine, zweite, Meiner unbedingt zu folgen hat durch Gewitter und Gezwitscher, Wahlrecht und Gehorchen, Siebenseligkeit und bittere Ironie.

Bist auch du ein veritabler Meister dir geworden so Bin Ich doch und bleibe weltenweit der Herr und Herrscher über alle Zeiten, Zirkulationen und Veränderungen, die nie enden und dennoch stets in Mir ihr glorioses oder schuldbewusstes Ende finden.

Traust du dir zu dein Lebenswerk in Meinem Sinne abzuschliessen kann Ich dir dazu aufs Überragendste behilflich sein indem Ich Mich beeile dir die Stolpersteine aus dem Weg zu räumen und dir freie Bahn und Freigeleit in Fülle zu verschaffen Meiner Wirklichkeit entgegen. Kommst du in Traulichkeit zu Mir so landest du in sanftgewellten Armen reiner Zärtlichkeit am Sein und Leben, die Ich dir in Muttersorglichkeit und ewiger Jugendfrische noch so gern gewähre. Du lebst und webst schon jetzt in Mir und wirst es bald einmal bewusst und seelenvoll erfahren. Mein Status ist wie nichts stabil, derweil der Deine wankt und schwankt und sich verbiegt im rauhen Winde der die Welt bewegt. Mein Innesein in dir jedoch bewirkt, dass du die Hoffnung nimmer fahren lässt auf bessere Zeiten und Konditionen in denen du dich frei bewegen und entfalten kannst nach deinem Gusto und Das-Sein-Erfahren. Es schwillt und stösst und brandet alles in dir Meinem Meere zu um sich darein in Minne zu ergiessen was es schon immer war und als was es sich allmählich immer mehr erfühlte. Das Salzige, Verkrustete in dir löst sich kontinuierlich ins Liquide und Beseligende auf, das Ich dir Bin und das du selber Bist in der Unendlichkeit der Himmelssphären.

6.10
Was Ich dir innig zu bedenken gebe ist der Hinweis auf die Gründe deines Seins, die alleweil in Mir und Meinem Himmelreich zu finden sind. Du Bist weil Ich in deinem Sein Unendliches zum Zuge kommen lasse in einem wohlerwogenen und wohldotierten Equilibrium zwischen Leib und Leben, Geist und Seele, Sinnenhaftigkeit und Sinn, die allesamt zu deinem Wohlsein, deinem Glück und deiner Menschengöttlichkeit gehören. Das Melange zwischen dir und Mir ist fein getinkt mit Lust und Liebe, Trieb und Minne sowie sinnendem Bewundern reiner Schönheit, die sich vom Himmel her in dich verströmt. Was in dir blüht und duftet, wahrhaftig ist und edel kommt von Mir und Meinem Hofe und befruchtet und begabt dich mit unendlich liebevollem Seinsgeschiebe.

Singst du, so ist es Meines Singens Ausbund, Qualität und Offenbarung, wenn du nur zu horchen weisst bis in die wägsten Tiefen deiner Seele. Du gebierst, wozu Ich Meinen Geisteskeim in dich gelegt, mit Genie und Auserlesenheit begabt und aufs Allerfeinste ausgestattet habe. Wer sich in dich und deines Wesens zauberhaftes Resümee vertieft, wird unweigerlich darin Mein Sein und Meine fabelhafte Geistesstätte finden. Himmelskräfte walten in dir und entfalten was du wahrhaft Bist vor aller Welt und ganz besonders vor der Deinen. An Mir ist es, das Rätsel deines Seins von Fall zu Fall und immer gründlicher, begeisternder und wirkungsvoller aufzulösen. Du schaust dich wie von ausser dir mit hellwach und bewusst gewordenem Gemüte an und gewinnst damit die Einsicht in dein veritables Weltenwesen. Was sich dir offenbart ist die herzinnige Vermählung zwischen dir und Meinem universenweiten Seinsarom in das du eingebettet bist als in den Flaum der himmlischen Gerechtigkeit und Gottesgüte, das Milieu von Treu und Glauben wie in das Seligmachende das Meine Weiten vom Beginn des Hoffens bis zum gloriosen Ende sylphenfein durchzieht.

6.11
Wunderbare Welten werden dich empfangen, wenn du fähig bist dein Seinsbewusstsein ins Unendliche zu dehnen. Was hast du nun als Publikum für deine seelenvollen Taten? Mich den allweisen Herrscher über Meines Daseins unerschütterliches Wohlgeraten. Gehst du gebührend ein auf was Ich zur Erwägung vor dich lege, darfst du Mein Sohn und Meine Tochter sein, die Ich für alle Zeiten liebevoll und zärtlich hege. Woraus entspringt dies so verbindliche fürsorgliche Verhalten? Aus dem Begreifen der Identität mit der Ich offenbar in deinem Wesen Bin und es erlebe. Wie sollte Ich nicht lieben was Ich mit soviel Engagement und Überlegtheit Mir aus Seinssubstanz erschuf? Da ist kein Gegensatz vorhanden, nur ein herzinniges Bedauern und Betrauern der enormen Nöte, die du dir in kindlich motivierter Unbeholfenheit bereitest und Gefahr. Da zieht Mein Weltenwille bei dir ein, um dich im Fach der Lebenstüchtigkeit und Liebefähigkeit zu unterrichten, damit Gemeinschaft, menschenwürdige Beziehungen, Prosperität und Innovation von Meinem Rang und Sang und Klang entstehen. Das

ist das Gebot aus überweltlichem Begründen das Ich Mir selber auferlege und das Ich mit unendlich angelegter Akribie und Seinslust pflege.

Du bist Mein Teil vom Ganzen und bist das Ganze ebenso in gleicher Weise wie der Wassertropfen Meer ist wunderbarerweiese ohne Unterscheiden. Wie sollte dies Erkennen dich nicht gründlich und gebieterisch begeistern an des Daseins Aperçu, Gewieftheit und Phobie. Alles will und will sich selbst in seiner Eigenart vermehren und stösst dort kräftig an wo es dem Willen Gottes nicht entspricht und ihm füglich keine Folge leistet. Bist du für Mich so sorge Ich dafür, dass nichts mehr gegen dich agieren kann. Du fühlst dich wie das Kindchen wohlgemut in Meinem Sein geborgen und versinkst in Mich in einem hochwillkommenen, elysischen und glückerfüllten Auferstehn.

6.12

Vom Hier zum Dort ist keine Strecke zu durchmessen, wenn es darum geht mit dem Unendlichen in herzlichen Kontakt zu treten. Immer Bin Ich für dich da in deines Inneseins Gefieder, um es stante pede zu beglücken wenn du's nur erschauen magst. Es ist Mir nie zuviel zu deinem Anhang und Geleite zu gehören, sei es munter vorwärts oder scheu zurück in deinen hochkomplexen Aktionen. Mein Metier an dir beginnt mit der Ururkreation von deines Wesens mannigfachen Gliedern. Dann ist es unbedingt gegeben, dass Ich sie erhalte und verwalte in der Art und Weise lebenspendender Substanzen, brillierender Gedanken und scintillierender Gefühle Meiner Konvenzienz wie deines superherrischen Gehabens. Das ergibt ein Melange sonder Güte,

Fruchtbarkeit und Akribie manierlichen wie misslichen Gestaltens. Du wettest auf dich selbst, derweil Ich auf das Ganze setze, das Ich Bin, mit seinen Myriaden Komponenten, Tauglichkeiten und verschwenderischen Kapriolen. Meine vielbeschäftige Mikrobe bist du und zugleich Mein Selbst, wie dein's, in das Ich Mich verwandelt habe. Diese graziöse Lehre trag Ich unvermittelt deinem Herzen vor und überlasse ihm sich immer wieder für Mich oder wider Mich im anspruchsvollen Dasein zu entscheiden. Meine Brötchen haben schon seit Urzeit auf der sichern Seite warm gelegen. Deine aber sind von Fall zu Fall recht kühl und schal geworden, so dass sie unbedingt erneuert und von Mir befeuert werden müssen. Da ist es deine Sache ob du auch gewillt bist zur geplanten Restauration das Deine beizutragen. Flippst du aus, bescherst du dir noch manches Unheil, hältst du dich an Mich beschere Ich dir Glück von Meinem Glücke, Seligkeit und Segen des Unendlichen in einer Fülle die das Herz erbeben lässt vor Wonne, Dankbarkeit und Zärtlichkeit im wohlgesitteten Benehmen.

6.13
Der Siegeszug durch alle Lande Meinem Banner hinterher soll auch an dir nicht spurlos und verschwenderisch vorübergehn. Viel mehr soll er dich mit sich und seinem Anhang reissen, damit die Schlacht vollkommen werde wie der unermessliche Gewinn der sich daraus ergibt. Gibst du dir in dieser Hinsicht eine Blösse droht dir die stürmische Gefahr deinen Wünschen hinterher zu laufen ohne sie im wohlgelungenen Erreichen auch erfüllt zu sehn.

Was deine Sache ist wird, was es immer sei, auch als die Meinige empfunden. Mein Schreiten muss sich deinem Tritt gemäss vollziehn und jede deiner Äusserungen offenbart ein minikrimes Teilchen Meines Wesens. Was niemals zu vermeiden ist, sieh doch, hier ist's mit absoluter Gründlichkeit getan. Deswegen heisse Ich dich aufmerksam zu sein auf jede deiner Regungen, Bewegungen und Motivationen um nicht die Meinen in höchst unliebsame Schwingungen und Schlingerungen zu versetzen. Identität in allem muss gelernt und ausgestanden sein damit Versöhnung herrscht und Frieden zwischen den Parteien, die in jedem Fall tiefinnig aufeinander angewiesen sind.

Niemals lasse Ich Mich von der Welt, in der Ich Bin, verleugnen, denn jedem dieser Phänomene folgt die Strafe auf dem Fuss. Sie heisst: Verlassenheit von allen guten Geistern und Vermählung mit den schlechten, die dein Milieu verschandeln und ins Ungemütliche und Zimperliche ziehn. Aus deinem Dich-Versumpfen kann nur Ich dich, wenn du höflich darum bittest, sänftiglich befreien. Du spürst den Wohllaut der Geschichte wieder und erinnerst dich an jene lobenswerten Zeiten wo dir alles wie am Schnürchen von dem Lebenshaspel lief und dich so beglückte, dass deine Herzensglocke sich in wundersamen Schwingungen erging und alles stimmte, glimmte und gelang, weil es mit Meinem reinen Sein durchtränkt und von ihm gutgeheissen war.

6.14
Die Grenze zwischen purem Sein und Weltenleben ist das Licht in dem Ich Mich verborgen halte. Du siehst der Sonne Strahl und gleich dahinter schaut

der Schauende des Seins unendlich sanfte, schattenlose Helle, deren heiliger Hauch dem intensivsten Glänzen noch bei weitem überlegen ist am Firmamente. Was Ich Bin ist nicht mit Menschenaugen abzulesen, dazu ist des Seelenschimmers Morgentau vonnöten, dessen schillerndes Vermögen die von Diamanten in den Schatten stellt im Lichtempfangen und Verstrahlen.

Betrachtest du dein Selbst so wirst du nichts als Leuchtkraft, Himmelsgrazie und seliges Beglücktsein an ihm finden. Du bist Bewusstsein an sich, dessen Liebesstrahlen durch die Universenweiten flimmert und den Wert der Gegenwart des Absoluten ins Unendliche vermehrt. Du kannst und willst dich nicht verändern und dennoch tust du es, um in der Minderung ein Spiegelbild zu schaffen in welchem du dein Ansehn fasziniert besiehst. Die Welt ist nicht real, sie spiegelt das Reale wieder das Ich Bin und das du Bist, in wunderbar gesättigter Grandezza und Bravour. Im Innersten sollst du vermeiden „du" zu irgendwem zu sagen, denn alles was da *ist*, ist wunderbarerweis vom Welten-Ich beseelt, das du dir Bist im übersinnlichen Gewoge.

Ich traue dir das Höchste zu in deinem Sein und Streben, und damit du es erreichen kannst musst du nichts weiter als dein Sein befragen. Es muss dir keine Antwort geben, weil es die Antwort *ist* die du dir selbst vermittelst, indem du es berührst, im Glanz der Stunde wie in der Seligkeit des Augenblicks die dich zum ewigen Erkennen führte.

6.15

Kein Zweites nur das Eine sollst du ehren, das Ich Bin und das in seiner Fülle alles überstrahlt was *ist* und was das Leben rauschen lässt in seinen vielverzweigten Operationen. Aus profundem Mitgefühl heraus sollst du an dir und deinem Weltsein handeln und es nach Meinem Auftrag in ein Paradies verwandeln. Du tust dich streng und kompliziert beim Lösen dieses leicht verständigen Parcours durch viele anspruchsvolle Leben. Zwar fuchtle Ich mit Meinen Manifesten und Gesetzesbüchern deinem Lebenslauf entgegen, doch du achtest ihrer nicht und stellst dir damit Hürden auf des Langen und des Breiten die dir ungemein zu schaffen machen.

Wüsstest du wie sehr dich das Befolgen Meiner Weisungen in Sachen Sein beflügelte, du würdest voll in Meine aberwürdigen Saiten greifen und mit freudigem Gefühl das Lied vom schönen Götterfunken intonieren. Glatt und gütig würden deine Züge und du schrittest als ein Gottgesegneter einher durch Meine wundervollen Liebesgärten.

Alles was sich Meinem Sinn vermählt wird von Mir ins Bewusstsein wahrer Menschengöttlichkeit erhoben. Es fühlt sich wie in eine neue Welt geboren und erblüht in lupenreiner Andacht vor dem Herrn und seinem götterlichten Segen.

Was meinst du, willst du es versuchen? Möchtest du dich selber auf die Probe stellen und dein Sein und Leben nach dem Stern der Wahrheit, Weisheit, Redlichkeit und Tugend richten? Meiner Hilfe dabei kannst du sicher sein, und wer könnte dir noch besser beistehn als der Unendliche der Geistessphären, dem das Irdische entspringt und dessen Liebeskräfte zärtlichen Errötens wunderbarerweis in deine tiefbeglückte Seele tauchen.

6.16

Das Momentane streift dich von Mir mit dem Hauch der Güte Gottes der sich allem Leben lieb verwendet und ihm Wohlverstand und reine Liebe sendet. Sei dir endlich des Unendlichen bewusst das dich mit sagenhafter Liebenswürdigkeit umflutet um alles was du Bist konstant und klaglos, knusperig und konsequent zu halten. Ich will dir nicht verhehlen, dass es ganz und gar Mein Job und Joker ist, dich in den Zustand reiner Gottgefälligkeit und Liebenswürdigkeit zu transformieren, denn das Glück der Welten, die Ich Mir erschuf, liegt Mir wie nichts am Herzen. Wohlverständnis und Salut en masse in Würde und Bekömmlichkeit, Aufrichtigkeit und Anmut zu kreieren sei und sollte dein erspriesslich Los sein durch die Zeiten der Vernunft, die Ich dir lieb akkreditiere. Genau so kannst du stante pede *sein* sowie es dir gelingt dein Seelenaugenmerk vollends auf Mich und Meine Geisteskraft zu richten, die dich in den Zustand reiner Seinsbewusstheit überführt im Land Elysien wie im Olymp der Götter, die was du Bist mit Freudewallen für ihr Reich gewonnen haben.

Aus dem Paradies bist du nur in der Ansicht von dir selbst gefallen. Du siehst dich ärmlich oder mächtig, dümmlich oder klug genau nach deinem Gusto und verfängst dich damit in den Myriaden Spinngeweben der Versuchung, die die Eitelkeit und Selbstgefälligkeit dir schuf. Hast du jedoch das Bedürfnis und den Schneid zu Mir dem Vater aller Dinge als zu deinem Heil zurückzukehren, hellt sich deine Innenwelt mit einem Schlage auf und du bist durch Mein Zauberwort aufs Schicklichste erlöst von allen deinen Nöten. Der Geist der Hoffnung überwallt und überwaltet dein Gemüt und macht dich stark und heiter, unbeschwert und geistesabenteuerlich, vom Lebensglück beseelt das Ich dir liebvoll angeboten.

6.17

„Glückauf und in die Geisteswelt gezogen", sei die herzinnige Parole, die Ich dir voll Zartheit auf die Lippen lege. Es sei, dass Ich sie dir bewege zur Erinnerung an was Ich für dich Bin und wohin Ich dich voll Herzensgüte treibe. Nenn es wie du willst, es kann auch recht verschroben sein, nur lasse seine Liebesströme dich galant und unverwandt durchströmen. Am Ende wird es dich so gründlich und konstant mit Mir und Meinem Sein verbunden haben, dass du Meines steten Gegenwärtigseins gewiss bist in glückseligen und trübverhangnen Tagen.

Nun rat Ich dir das Wunderbare intensiv zu pflegen, dass du dir Mein Lichtsein vor die Geistesaugen hältst und dir folgerichtig einen unermessnen Raum bereitest für den Aufenthalt in Meinen hocherhabnen Sphären.

Damit hast du, was du wahrhaft Bist und immer sein sollst, immanenterweis errungen und darfst dich Seinsverklärter und Gewinner des Erhabensten der Preise nennen die da *sind* und welche deine Welt verändern bis zum Gehtnichtmehr.

Was in diesem Falle für dich relevant ist und erlebensträchtig ist die Perspektive auf ein Unerschöpfliches, Unsterbliches und Meisterhaftes hin, die deinem Dasein Tiefsinn, Seinsgediegenheit und Wohlbekömmlichkeit bereiten.

Du hast die hehre Pflicht, dich in Meinem Universum zu verewigen und dich damit auch wirklich als die Krone aller Schöpfung zu erweisen. Damit hilfst du dir wie Mir und aller Welt am Meisten, weil sich in dir fortträgt was Ich einst begonnen und weil du Meinem Hause Ehre bringst wo immer du erscheinst um deine wie auch Meine Geistesfülle zu verbreiten.

Ein wenig Zittern und Zagen

7.1

Erwarte auch von dir was du von Mir erwarten kannst in deinen Unternehmungen nach Meinem Angebot und Stil; ein wenig Zittern und Zagen kann dabei nicht schaden. Du sollst dir nur von A bis Z bewusst sein, dass Ich dir immer -und seis auch im letzten Augenblick- zur Seite steh, um dich vor Schimpf und Schande zu bewahren.

„Wer trägt der Himmel unzählbare Sterne, wer führt die Sonn aus ihrem Zelt"? Ich der Allmächtige und Gloriose. Zeig Mir deine Schramme und unverzüglich eile Ich hinzu, die Heilung zu bewirken. Kennst du das Mysterium von allen Meinen Liebestaten? Es ist die Geisteskraft mit der Ich universenweit und bis ins letzte Detail operiere. Also akkurat für dich, derweil dein Hoffnungsstrahl dich Mir verbindet und der Meine deines Wesens Wehen findet, um dich liebevoll von Innen zu erlösen.

Nur Meine Nähe kann dein Wohlsein wesenhaft begründen; nur Ich vermag dein strahlendes Bewusstsein im Allhier auf eine neue Spur zu führen. Und diese ist mit Herrlichkeiten Meiner Art belegt, die dich mit ihrem Zauber unverzüglich ins Elysium spedieren. Das hast du nun davon, dass du herzinniges Vertrauen in Mich generierst. Unsere Wege kreuzen sich und fortan laufen wir selbander haargenau demselben Ziele zu: Der strahlenden Geburt ins Wesen der Allwirklichkeit in der wir ewig *sind* und leben. In Wahrheit trägst auch du das Mal der Gottesgüte auf die Stirn geschrieben damit Ich dich erkenne, wenn du still in dich gekehrt an Mir vorübergehst. Das Arom der ewigen Heiterkeit und Himmelsgrazie wird dich durchströmen und dann bist du im Wert wie in der Fülle reinen Seins aufs Köstlichste geborgen.

7.2

Und die Moral von der Geschicht: Das Leben ist ein Lobgedicht an dem wir alle tüchtig weben. „Wie süss", geruhst du dir zu sagen. Doch so wie Ich es meine haben sich die Seinsverständigen zur Ansicht durchgerungen, dass in höheren Bewusstseinssphären alles seine Ordnung hat und seinen Tiefsinn, welche die besonnenen Gemüter zur Erhabenheit und Wonne am besagten Dasein führen. So kritisch du auch immer diesem Kontext gegenüberstehen magst, es gibt sie noch die Weisen, die in stiller Andacht und Gelassenheit ein Leben der Beseelung und Erbauung führen, dem sie nichts besseres hinzuzufügen haben.

Dahinter muss natürlich Meine Observanz und Mein bewundernswerter Einfluss stehn. Du erringst dir Meine Sympathie mit jedem guten Wort das über deine Lippen fliesst sowie mit einer Fülle fabelhafter Taten, die dir in Meinem Sinne zu vollbringen angelegen sind. Da heisst es dann auf einmal: Mein gerechter und getreuer Knecht du bist von Mir in deinem so begehrenswerten Milieu aufs Angelegenste zu loben. Dein Verhalten kann als Vorbild für ein Menschsein in sottiler Gotteswürde dienen derweil sich deines Seins Zerbrechlichkeit in eine Konsequenz und einen Starkmut von bemerkenswertem Charme gewandelt hat nach denen noch die Meisten ohne nennenswerten Fortschritt eifrig suchen.

Was willst gerade du in deinem Falle unternehmen? Es steht dir bestens an, auf Meinen Ratschlag alles

Künftige wie auf Granit zu bauen statt dass es deine Äugelchen im losen Sand versinken sehn. Deine Stärke ist wie eh und je die Meine die von keinem überwunden werden kann und somit zur Vollendung dessen führt, was Ich Mir mit dem Weltenbau und seinen Myriaden Gliedern liebvoll vorgenommen habe

7.3
Konstruiere nichts was Mir zuwiderläuft in deinen Erdentagen, bitt' Ich dich, damit die Freude und der Friede Gottes dich durchs Dasein leiten und dein Ein und Alles sind im Wunderbaren. Ich habe deines Wesens Aperçu und Zugkraft nicht dafür geschaffen, dass es die Gesellschaft schädige in der sich deines Lebens Wettlauf und Parade abspielt. Vielmehr soll es der Gemeinde der Geschwister Gutes tun und ihren Sinnkreis ehren soweit es das vermag.

Aus dieser Haltung wird das Köstlichste entspringen, das sein kann, nämlich die Durchdringung der Gesellschaft mit dem Licht der Wahrheit und der Wärme wahrer Liebe, Menschlichkeit und Tugend. Das kann nicht anders vor sich gehn, weil sich das Eine niemals in sich selber gegensätzlich, arrogant und skrupellos verhalten kann. Auswüchse stammen nicht von Mir und sind dazu bestimmt sich totzulaufen in der Mangelhaftigkeit die ihnen eigen.

Weise niemanden die Schuld an deinem Fehlverhalten zu und gebrauche deine Kräfte immer konsequenter zur Befriedung und Gesundung derer die dein Reich bevölkern und es zu unterhalten haben.

Widme dich der Geistigen Moral in deinen Runden und versuche stets das Bessere, Ergiebigere und Zukunftsträchtigere zu etablieren. Bei schönstem

Seelenwetter führe aus was du dir vorgenommen und sei dafür besorgt, dass es Bedeutung, Ansehn und Bewunderung gewinnt im weiten Umkreis um sein Existieren.

Ohne dass du's weisst und dennoch liebend gerne wissen möchtest Bin Ich überall dabei wohin du auch die Füsschen setzest und einwenig Einfluss geltend machst in deiner schicken Karawanserei von Meinen eminenten Gnaden. Im Geiste sind wir uns zutiefst verbunden und machen niemals Halt vor dem was vor uns stille steht. Wir kreisen stets um die Erfüllung aller Pläne die uns tief bewegen und deren Charme die Sehnsucht nach Begeisterung und Lebenswonne stillt die wir beständig in uns hegen.

7.4

Eine Eselsbrücke bau Ich dir für alles was du noch zu tun gedenkst, damit du mit geringem Aufwand jede Wirrsal überwinden kannst in deinem konsequenten Vorwärtsstreben. Kommt es irgendwo zum Eklat, mildre Ich den Fall, damit die Kontrahenten sich galanterweis versöhnen können. Dort wo Mir Zutritt und Beteiligung gewährt wird, wende Ich das Skandalöse zum erbaulich dargestellten Spiel. Nicht wenige Affären, Affronts und Tumulte sind auf diese Weise elegant vermieden worden und in ganz besondern Fällen fallen sich die Streitenden Parteien unvermittelt um den Hals um der Versöhnung Willen die Ich angestossen habe.

Missachtest du die feinen Zeichnungen und Zeichen die *Ich* dir auf den Weg drapiert und an sein Bord geheimnisst habe, wirst du bald einmal bedeutenden Problemen gegenüberstehn. Die musst du selber auseinander dröseln, doch wenn Ich dir dabei

Gesellschaft leiste lösen sich die Hemmnisse in Minne auf und lassen dich den Duft des Freiseins atmen.

Es ziemt sich dir und deinen Weggenossen einen heiligen Respekt vor den Folgen krassen Ungehorsams zu entfalten. Damit bündelst du die Gottesweisheit, die dir zu entfallen drohte, zur verehrenswerten Seinsgestalt, die deiner Kindlichkeit ein Quentchen Einsicht, Selbstbewusstsein, Seinsvertrauen und Versöhnlichkeit verleiht von allergrösstem Nutzen. Trägst du dich mit dem Gedanken, wahrer Menschlichkeit und Tugend auf die Spur zu kommen, so assistiere Ich dir gern im Wissen, dass Ich Mir selbst behilflich bin im Pool der vielverzweigten und verzwickten Lamentationen.

Freude, Friede und Geduld sind alleweil das Ziel von Meinen abenteuerlichen Aktionen und sollen auch für dich den wahren Jakob, Freipass und Salut bedeuten.

7.5

Komfortabel und und genussreich sollen alle deine Läufte werden zu dem einen, von Mir angesetzten Gottesziel. Um es auch wirklich zu erreichen braucht es eine wache wahre Inbrunst ebenso wie Meiner Gnade liebevolles Strömen. Was immer du dir zutraust wirft die Wogen auf von Meinem Dir-Vertrauen das befruchtet und bewässert deine Wesenswelt mit der bewundernswerten Fülle Meiner Gaben.

Ohne Mich kann nie und nimmer etwas Hochbedeutendes geschehn, denn alles wahrhaft Kräftige wird aus der Urkraft Meines Wesenseins geboren. Du lügst wenn du nur das geringste Fingerrühren auf dein eigenes Verdienst beziehst. Mein ist alles und du selber bist die Offenbarung Meiner Allpräsenz im Lichte der Vernunft wie im Erkennen der subtilen Hintergründe allen kosmischen Geschehns.

Mir sind alle Mittel recht um dir ein überschaulicheres Denken beizubringen, denn dein gegenwärtiges ist noch mit so viel Mängeln, Illusionen und verhängnisvollen Spekulationen ausgestattet, dass es kein Wunder ist, wenn sich für dich die Weltenlage schief gestellt hat im Verlaufe deiner biographischen Affären. Lass es gut sein, wenn Ich dir die Schwächen offenlege die dich noch aufs Kläglichste beherrschen, denn es geschieht mit dem erklärten Willen, dir ein Gutes anzutun indem Ich die markante Änderung deines zwitterhaften Sinnens impulsiere.

Mach es den Getreuen Meiner Zunft in Minne nach, was sie erkundet und erreicht, befriedet und begütet haben. Sie leben im Bewusstsein Meiner Herrlichkeit in ihm und lassen Meine Kräfte ungehindert und bewusst an ihren weitgedehnten Himmel strömen.

7.6

Eine Molkenkur nach Meinem Sinn und Geist kann auch dir Mein vielgeliebter Pionier mitnichten schädlich sein. Ich zähle auf was wir so alles zur Verfügung haben um dich an Leib und Seele zu erneuern und aus dir ein Muster an Beweglichkeit, Interesse, Seinspräsenz und Lebenslust zu stilisieren. Wir klingeln dich beizeiten aus den Federn, damit du nicht im warmen Nest verfaulst das wir dir zubereitet haben. Mit dem Anpfiff starten wir Gymnastik gruppenweise barfuss auf dem fein betauten Grünen wo die Amseln dir ihr Morgenliedchen in die Ohren pfeifen. Darauf gibt's Hallenyoga auf musterhaft verteilten Gummimatten dem du dich, derweil es Hauptfach ist, auf keinen Fall entziehen kannst. Obwohl es schamlos ist, wie wir dich laufend, stehend, sitzend oder noch im Traum zur Kasse bitten, blätterst du begeistert hin was einmal dein gewesen ist, um dann wieder vollgetankt zu den gerissenen Geschäften hinzueilen.

Was geht hier vor muss Ich Mich füglich fragen, wenn Ich den Eifer und die Selbstverständlichkeit betrachte, die du an den Tag legst um darin vollkommen aufzugehn? Du gehst und rennst und rennst an dem vorüber was Ich Bin im reinen Sein in dem die schöpferischen Geister ihr Bewusstsein wohlgefällig baden. Was bräuchtest du um auch dahin zu kommen wo Unendliches dich sanft umfächelt und der Grundton sagenhafter Liebenswürdigkeit sich dir vergibt? Es ist ein wohlbemessnes Innehalten, was dir Not tut, sowie die Konzentration auf was du Bist im Geistessinne sowie im Odem Meiner Gegenwart der dich zutiefst beglücken will und dir die wahren Werte offenbart die für den Einzelnen wie für das Universum seit Urewigkeiten ihre fabelhafte Geltung haben.

7.7

Was Wunder wenn du glaubst es gäbe keine Wunder mehr, derweil du dich so sehr im Irdischen verankerst und dabei der Geistwelt deinen Blick entziehst und Meinen Wundergaben. Ich trete niemals unvermittelt auf den Erdenplan, um dort Mein Werk und Meinen Willen zu vollbringen. Und weil du Mich mit Augen nicht gewahrst verkündest du in deiner Einfalt und Verstiegenheit es könne Mich nicht geben. Damit aber schnürst du dich bedenkenlos von Meinem segenreichen Einfluss ab und hast die Folgen davon schmerzlich selber zu ertragen.

Wofür hältst du eigentlich dein fluktuierendes Gedankenspiel? Ist es nicht der Ursprung und die Motivation zu allen deinen Taten? Bedauerlich und zugleich reizend ist es für Mich deine vielen Hypothesen über das, was wirklich *ist,* mit Eifer zu verfolgen und darauf bei der einen oder anderen den ihr immanenten Unsinn zu entlarven. Zwar ist deine Logik blendend wenn du definierst, dass die Myriaden Weltenkörper, die doch sichtlich auseinanderfliegen einst in einem einzigen zentralen Massenpunkt vereinigt waren. Dann musste sich der Urknall fidibutz ereignet haben, universenschaffend, lichterloh. Was aber vor dem Urknall war muss denen, die das Weltall nur von aussen sehn, für alle Zeit verschlossen bleiben. Gerade das jedoch ist das Geheimnis Meiner Existenz im Wunderbaren, die allen Daseins Ursprung, Tradition und Tabernakel ist und war. Wie anders präsentiert sich alles weltliche Gehabe, wenn es aus Verstand und Willen, Fühlkraft und verschwenderischer Nonchalance hervorging, die Ich Bin und deren Sein und Sinngehalt Ich schon vor aller Zeit für Mich gepachtet habe. Diese Wahrheit ist für alle seinssubtilen Wesen da, sie zu ergreifen und begreifen, um von ihr beglückt, befreit und schlussendlich über alle Lebensrätsel aufgeklärt zu werden.

7.8
Was ist dir nur für eine riesenhafte Kur auf's Dringendste vonnöten, damit du Meine Spur erfindest und an ihr genesen kannst in deiner menschlichen

wie himmlischen Natur? Es schwillt die Zeit und mit ihr die Empfindsamkeit für das was hinter allem Offensichtlichen geschieht. Es sind die weltgewandten Geisteskräfte die den Eingriff in das Schauspiel zu vertreten haben, das die Menschen im Allhier vollführen. Sie glauben, sich nach ihrer eignen Façon zu bewegen, derweil Ich ihnen Pate steh für beinah jede Regung und Bewegung die sie auszuführen haben. Ich Bin der Macher und sie sind die Gemachten von der Flut der Neigungen und Wünschbarkeiten, Leidenschaften und Gedankenstösse die den Raum durchschwirren dem sie innewohnen. Ihr Ureigenes ist angekratzt und angetrieben von befremdenden Illusionen, denen sie verpflichtet sind und denen sie bald jämmerlich erliegen.

„Wo ist der starke Arm sowie die wohlgefällige Sibylle die mich aus dem Schlamassel führen", hör Ich gar viele flehend rufen. Ihnen kann Ich helfend und verzeihend Kräfte des Erneuerns und Veredelns senden, die sie fähig machen zum gezielten Vorwärtsschreiten auf der Gottheit heiterer und liebelichter Rosenspur. Sie wenden sich zum wahrhaft Guten und Gerechten, dessen Träger und Bewanderter Ich Bin für alle die Mein Sosein fabelhaft, erstrebenswert und tunlich finden.

Auf diese Weise kann es auch für dich geziemend weitergehn. Du baust dein Schicksal auf im Sinne der berühmten Prediger und Propheten, die in ihre redliche Beredtheit Sternenglanz und Himmelswonne eingemittet haben.

7.9

Wofür du immer kämpfst ist in Mein Herz geschrieben, wenn deins nur Freiheit will und Lebensgüte, Redlichkeit und Offenheit für alles Weh der Welt für dessen Heilung Ich Mich pausenlos verwende. Mitleid muss mit wachem Sinn vermählt sein für die Art und Weise wie das Menschenschicksal positiv beeinflusst werden kann. Schlau sind die Kräfte des Verderbens und schlauer müssen jene sein, die Einsicht, guten Willen und Veränderung zur wahren Menschlichkeit bewirken wollen. Kraft zur Liebe will Ich nennen was die Menschen mit sich selbst versöhnt und „Liebeskraft verströmen" heisst, das Weltenwesen zur Erleuchtung und damit zu Mir hinzu-führen.

Im Grund genommen müssten alle Wesen durch die Liebe zu sich selber finden und damit zu Mir, der Ich das Heil der Welt bewirke. Ein jedes Geben muss der Liebe und dem Sinn für das Lebendige entströmen, das Ich in allem Bin und dem in Ehrfurcht, Weisheit und Gerechtigkeit begegnet werden soll. Das Melange aller Menschen ist für Mich der Ausdruck einer Wesenseinheit, die Ich Bin und die als Ganzes neue Werte schafft von überragendem Bedeuten, die den Glanz des Ewigen verstrahlen.

Fühlst du dich in der Gesellschaft deiner Welt geborgen, so darfst du mit ihr voll Vertrauen Mir entgegengehn. Dann wird das Wunderbare sich erfüllen das Ich will in Reinkultur voll Würde und gelassener Vertrautheit mit dem Ewigen. Es öffnet sich dir eine Perspektive auf das Sein in völliger Gelöstheit, Liebe und Unsterblichkeit in Meinen universitief gefassten Geistesgründen.

7.10

Melancholie kann vor Mir nicht bestehn, weil Ich grundsätzlich Freude, Zuversicht und Weltenliebe zu verbreiten trachte. Die Menschen sind nur insofern erlöst wie sie sich an die Regel halten die da lautet: Schau deinen Nachbar an als Teil von dir, der will gepflegt, geachtet und geliebt sein so wie du dir selber alle Ehre und Besorgnis, Sorgfalt und Entschiedenheit entbietest.

Folgst du Meinen Räten, sei's im Einzelnen, in Gruppen oder Nationen, folgt daraus, dass Friede herrscht und fabelhaft gelungenes Zusammenspiel im Team der tausend liebevollen Gesten, die von Herrlichkeit und Heiterkeit des Allerhöchsten was verstehn.

Du brauchst nur von den Geisteskräften, die dich rings umgeben, überzeugt zu sein sei's in vorteilhaftem oder negativem Sinne. Dann ist es dir auch möglich und gegeben, adäquat zu reagieren: abweisend aus Gewissenhaftigkeit oder einladend im Erkennen wahrer Freundlichkeit und einer Flut von genialen Schöpferkraftideen. Du tust gut daran, dich in die Obhut Meiner Diktion und mustergültigen Betreuung zu begeben. Wie könnte das auch anders sein, wo Ich doch in dir Mein Eigenes erhalten und verwalten und verwöhnen und verzärteln will nach himmlischen Begriffen, die dich unvermittelt ins Elysium führen. Dein Standpunkt wird genau der Meine sein, sowie du dem Lebendigen, das dich umflutet und von dir Besitz ergreifen will mit Achtung, Festigkeit und Seinsvertrauen würdevoll entgegentrittst, um dich selber zu behaupten und dabei zu lernen wie du sein sollst vor gestrengen Menschen- wie vor Götteraugen.

7.11

Maulbeerbäume maulen nicht heraus, wie du es immer wieder tust, indem du Meinen sanften Lehren dich entgegenstellst und deine Eigenen verwirklichst, die dich unweigerlich ins Desolate führen. Kapuziner-Äffchen sind bezaubernd schön, doch wenn du ihnen nachäffst machst du dich zum Narren, und was gilts, du bist es schon. An wieviel Leinen bist du angebunden und es werden immer mehr, die dich für sich in Anspruch nehmen und deinen Willen korrumpieren, der dich doch zum Meister über dich und deine Angelegenheiten führen soll. Halt auf Verlangen würde dir wohl anstehn bei der Behandlung deiner selbstgefälligen Allüren, damit die Stille dir von Mir erzählen könnte, wie vom weiterführenden Prozess, den Ich für deine Seinserziehung vorgesehen habe.

Statt wie bisher dich im Kreis herumzudrehn könntest du im schnurgeraden Lauf auf Meine Werte zugehn und sie dir einverleiben - licht und tänzerisch, charmant und strahlend schön.

Meine besten Kunden sind die Wägsten die sich im Gleichschritt mit Mir trauen heisserrungne Felder zu beackern und begiessen, damit Wohlbekömmliches auf ihnen spriesst, woran sich männiglich und weiblich innig mag erlaben. Dezidiert verordne Ich die Dezimierung jener Sorten die sich als kümmerlich erwiesen haben. Den zuversichtlich Strebenden hingegen verleihe ich Sukkurs in allen Sparten ihres Wollens und Die-Welt-geziemender-Verstehn. Das verleiht auch dir der Seinsbegeisterung Flügel und überzeugt dich von der Wichtigkeit und Richtigkeit des Lebens so wie Ich es will und mählich auch in Szene setze hier bei dir und überall wo die von

Meinem Glück und Meiner Kraft Erfüllten froh am Werke sind im wunderbar erfüllten Seinserleben.

7.12
Mollig, wollig und gemächlich grasen Meine Schäfchen die dezente und rezente Weide ab, die Ich ihnen zur Verfügung halte. Sie haben nicht die Absicht auszubüchsen und den Strom der lächelnden Beschaulichkeit zu unterbrechen der sie zu immer neuen fetten Driften führt. Dich aber hat die Unbeständigkeit ergriffen. Ob deinen Neigungen versteigst du dich bis ins gefährlichste Gebirg wo Ich dich ständig suchen muss, um dich vor jähem Absturz zu bewahren. Deine Wünsche sind extrem und halten Mich auf Trab um sie auf eine Weise zu erfüllen die dich schlussends zum Guten dirigiert nach der gelungnen Heilung deiner Übermütigkeiten.

Nur wer sich ändert hat die Chance seinsgerecht zu Mir zu kommen, denn Meine Wege sind mit unerhört geschmeidigen und maliziösen Rillen und Erhöhungen versehn. Diese sind mit Witz und Andacht, Ironie und Sinn fürs Praktische gewandt und munter zu beschreiten.

Nach deinem Stande sollst auch du den Schritt ins neue Leben wagen das Ich hiermit so verkünde: Nimm dich wahr als Ausbund der Gerechtigkeit und Wohlgefälligkeit am Sein und Leben. Übertrage Mein Vertrauen alsogleich in dich und dein Verhalten Mir und Meiner geisterfüllten Wirklichkeit entgegen. Nicht was du dir bildest, sondern was Ich ausgeheckt und angesponnen habe bilde Ich dir ein, damit die Welt, und sei's nach Abermillionen, ganz nach Meinem Gusto und Gewinnspiel, Regelwerk und Anklang funktioniert. Das ist dann der Triumph des Lichten, das Ich Bin, über alles Abgeschattete und Abgeschottete in einer Zeremonie von überwältigendem Glanz und sagenhafter Majestät, die sich im unendlichen Bewusstsein universenweit vollzieht.

7.13

Du akzeptierst nach deinem Gusto und Verstand was Ich dir leis besage. Doch ob du richtig urteilst und agierst das kann nur Meine Sache sein und nach dieser musst du zu marschieren suchen. Statt in den Wettlauf mit der Zeit zu treten trittst du viel gescheiter unvermittelt Mir entgegen indem du dich der weltlichen Gedankenflut entledigst um nur noch über Göttliches zu reflektieren. Aus der Enge trittst du in die Weiten der unendlichen Behutsamkeit in der Ich Bin und Glück verströmend wese. Aus der Bodenständigkeit lässt du dich ins Gedankenlose fallen und erfährst damit Mein Sein das auch das Deine ist in wunderbarer Übereinkunft und gottseliger Regie.

Wetten dass dir das recht kurios und burschikos erscheint. Doch wenn du's liebst wirst du mit einem Mal dein wahres Selbst erfahren und dich auf den Standpunkt stellen: Hier Bin Ich haargenau am Grenzwert zwischen Sein und Scheinen und kann nicht anders wollen als Mich zugleich nach beiden Seiten umzudrehn. Das vermittelt Mir Authentizität von Meinem Wesen als ins Weltensein geborene Unendlichkeit in der Ich inniglich Mein Sein erlebe. Das Bewusstsein der All-Herrlichkeit tritt in Erscheinung und versetzt dich in den Zustand reiner Euphorie am Da-Sein und am dich, ausser dir, auf's innigste, beglückendste und wohlgefälligste Betrachten.

Du steigst wie aus eben noch erfahrnen Lebensträumen auf in eine Wirklichkeit der Sphären, welche Absolutheit, Einheit, Seelenseligkeit und rigide Unbeschwertheit atmet in denen du dich als enorm Gelassener und Weiser registrierst. Du Bist und darfst dich als vollkommen eins mit allem im Zustand ewiger Glückseligkeit erleben. Dein Geist ist wach wie nie und dein Empfinden dankbar und gestillt ins Namenlose, Luminose und Elysische, Allgegenwärtige und Eine einverwoben.

7.14
Auch auf deine Stirne würde Ich so gern das Wörtchen „Gottesweisheit" applizieren. Doch musst du sie zuerst begriffen und in dir verankert haben. Geh wie die Heiden vor, die nichts von Bildung, wissenschaftlicher Geschmeidigkeit, Gerissenheit und Schlauheit intus haben. Ihnen lobe Ich Mich an und führe sie ins Land der blühenden Verheissung wo sie sich im Frieden der Gerechten niederlassen können. Zwar sind sie naiv, doch sind sie starken Glaubens an die Güte dessen der sie schuf. Ihr Ideal ist es, sich Ihm im Geiste vollends anzutrauen und so mit Ihm vereint in der Beseligung zu weilen die das reine Sein beschert.

Kannst du ermessen welche Freude die dezente Hocherhabenheit gebiert, in die du eingetreten? Du siehst dich in den Lichthauch einer Welt von fabelhaften Geisteskräften eingeboren, die ihr Reich mit ruhiger Bestimmtheit und Gelassenheit regieren, derweil du fühlst, dass dir ein Gleiches zugestanden ist im Hinblick auf Äonen. Dein Schöpferwille schafft bewusst bemerkenswerte Novitäten, die männiglich begehrt und viel bewundert werden. Dir gilts, dem Leben Schönheit, Sicherheit, Gefälligkeit und seelenvolle Liebe beizufügen. Das ist nun eines Gottessohns würdig, der du dir im Menschenkleid geworden bist und dessen Pflicht es ist als vielgeliebter Bruder aller Wesen, die da *sind*, stilsicher, seinsbewusst und gotteswürdig aufzutreten.

Gross ist das Verlangen ganzer Völker nach Geborgenheit und simultaner Ruh, derweil sie noch in Hangen und Bangen leben. Du vermittelst ihnen Zuversicht und Loyalität den Seinsgeschwistern gegenüber, deren Seinsempfinden auf Verlangen nach Erfüllung steht. *Ich* verheisse und gewähre sie, darfst du dir sagen, weil der Gottestrieb in Meinem Herzen dies zu leisten fähig ist und fähig seine Schäfchen sukzessive in den Himmel der Gerechten heimzuführen.

7.15

Kontakt mit Mir zu haben ist alleweil von eminentem Vorteil für dein ganzes vielverzweigtes Leben. Ich schäume Dinge auf und lasse Meinen liebevollen Strahl in deinen Alltag fahren. Wohin auch immer du dich wendest, du wendest dich Mir zu um weit Beglückenderes von Mir zu erfahren. Ich stärke und belebe dich mit Offenbarungen aus Meiner Seinsschatulle, die unendliche Bedeutung für dich haben. Du erfährst in wohlbemessnen und bekömmlichen Rationen wer und was du wirklich Bist in der Gemeinsamkeit mit dem was Ich schon seit Äonen freudestrahlend intus habe. Nicht umsonst bist du in den intimsten Menschheitsschriften als Empfänger und Bewahrer

Meiner Züge und Geheimnisse genannt, die dich zu einem Wesen von gottseliger Gelassenheit und Würde stilisieren.

Unterstützung und Belehrung und Erbauung sind die täglichen Gewinste die Ich dir freien Sinns und frohgemuten Handelns offeriere. Nimmst du sie dankbar an, so schreitest du als Gottesheld und -liebling immerzu voran, um zielbewusst und heiter das Urewige zu erreichen.

Versetze dich in Meine Lage und empfinde damit unmittelbar und kräftig was Ich für dich Bin in allen deinen Funktionen und Verrichtungen, Befürwortungen und Bedenken, mit denen du dich ohne Unterlass beschäftigst und versuchst auf deine Art zurecht zu kommen. Du gewahrst wie du im Grund genommen ohne Mich nicht sein kannst und bist glücklich, dass dein taumelndes Gewissen an Mir Halt und Heilkraft findet. Das ist dann die Erlösung die den Seinsgerechten vorbehalten ist, weil sie tiefinniges Vertrauen zu Mir haben. Sie *sind* und dürfen in vollendeter Bewusstheit im Elysium der Gottesfreundschaft sein und leben und ihres Dankens und Verherrlichens, Lobens und Bewunderns wird kein Ende sein.

7.16

Das Wandern ist des Wanderfalkens Lust und soll von dir bei weitem überboten werden. Du bist nämlich ohne Pardon und Beschönigung dazu berufen im Gleichschritt mit Mir Unendliches zu aquirieren. Das erfordert Wachheit und Geduld von höherer Art, die Ich dir gern vermittle, um dich gekonnt und schnurgerade ins beglückende und gütestrahlende Elysium zu führen.

Meine Weise ist das Überzeugen einer Seele von der Nützlichkeit unendlichen Vertrauens in Mein Wort, von dem die Weisung und der Weg in das Allherrliche ergeht, dessen Reinheit Meines Reiches Zierde, Wohlfahrt, Wonne und Majuskel ist in wunderbar befriedigenden Massen.

Was dein Mir-Nahesein betrifft kann Ich dir ohne weiteres verraten, dass es eine Sache deines Seinsbewusstseins ist, ob du Mich bestimmter oder loser oder gar nicht spürst in deinen Niederungen menschlicher Natur. Ich hingegen Bin beständig aufs Intimste mit dem was du Bist verbunden, ja, es ist ein völliges Verschmolzen-und-vermählt-Sein, das in unauflöslicher Erhabenheit und Würde existiert. Wie könntest du dir Besseres, Beglückenderes und Gewinnenderes als dies Angebinde wünschen, das dich aller Sorgen und Befürchtungen enthebt, nur dass du es erkennst in seiner ganzen Fülle und in seinem universenweiten hochsensiblen und gottseligen Bedeuten.

Deine Machart ist von Meinem Schrot und Korn, das will Ich dir noch sagen. Dein Ziel ist hocherhabenes Im-reinen-Sein-Verweilen, nachdem du deine Lektion gelernt hast in der irdischen Popanz und Scheinwelt, die deine Nerven immer wieder kräftig strapazieren. Das ist weil das Allmenschliche noch in den Kinderschuhen durch die Lande trippelt und sich bei weitem nicht so zu benehmen weiss, wie *Ich* es seit Äonen vorgesehen habe. Das zu berichtigen nach Meines Willens Spur ist auch in deinen Marschbefehl geschrieben und wird dich beim getreulichen Erfüllen mit des Himmels Dank und Anerkennen, Liebesgruss und Seelenharmonie belohnen.

7.17

Ich kreise um dein Sein dem Füchschen gleich um seinen Hühnerstall und will dir offenbaren wie du Mich umkreisest, so wie die eiligen Planeten um die Sonne reisen. Das Lichtgestirn Bin Ich für alle die Mein Sein in ihren Herzen schauen mögen. Es durchstrahlt was du dir Bist und schenkt dir alles was du brauchst um dein Dasein frisch und fröhlich, sinngemäss und wunderwirkend zu erleben.

Ich werte ständig auf was kreucht und fleucht und sich erhebt und niederfällt in seinem Herbste. Ich reife das zu Reifende und lasse Ausgedientes vor sich hin vermodern. So trägt alles was da *ist* das Weistum Meiner Handschrift und das Siegel Meiner Taten. Willst du Mich erkennen, so bekenne dich zur Welt und schau sie innig an, dann wird vor deinen Seelenaugen offenbar, was Ich in allem Bin und an ihm schöpferisch geleistet habe.

Ich warne dich vor dem Zuviel in Sachen Aktionen und ebenso vor zuviel Lässigkeit in deinem täglichen Benehmen. Das rechte Augenmass und Equilibrium jedoch kannst du allein an Meinem Beispiel finden das sich dir darstellt im Natürlichen, das bis in Universenweiten emergiert mit seinem Sich-an-alle-Welt-Verstrahlen.

Ich Bin der rechte Gönner für dein Tun und will nur artig von dir angefragt und um Sukkurs gebeten werden, damit Ich Meine Ströme überird'scher Kraft und Wohlfahrt zu dir lenken kann mit allem Grandiosen und Belebenden, Befreienden und hoch Beglückenden, das sie zu deinen Gunsten mit sich tragen.

7.18

Beharrlichkeit im liebevollen Vorwärtsschreiten bringt dir den ersehnten Lohn in allen Breitengraden, welche du auf Mein Geheiss betrittst in deinem Dich-Vergüten. Das Vorhaupt hoch, das Näschen in den Wind gesetzt will Ich dich werken sehn tagein tagaus, um Meine Glorie und Gipfelstürmerei geziemend zu vermehren. Es zeigen dir's die Adler hohen Aufschwungs wie man sich im Lichtblau reiner Himmelsweiten badet. Und je mehr sie deinem Blick entschwinden umso näher sind sie Mir in der Unendlichkeit der Reiche Meines Seins und seelenvollen Lebens.

Der Mensch lebt nicht allein von Burgern und Pasteten, sondern schon seit eh und je von jedem Wort das Ich verkünde, weil es Wirklichkeiten offenbart, die weit über deinen blassen, irrealen Weltgedanken liegen. Ich schütte gnädig farbenfrohe Rosenfelder vor dich hin, damit du dich an ihrem Anblick, Duft und Wohllaut wonniglich erlabest. Hast du sie auch richtig angesehn in ihrem unsichtbaren Wesen, das von Leben, Fantasie und liebevoller Pflege Bände spricht von Mir und Meinen Geistgesellen im gefügigen All-Hier?

Das Meisterliche braucht nicht aufzutrumpfen um von dem intimen Seelenblick beachtet und geliebt, verstanden und gelobt zu werden. Es weiss sich in sich selbst vollkommen schön und trägt sein Ansehn wohlbehalten durch die Zeiten. Wie viel mehr muss dir Unendliches aus Meinen Schalen imponieren, weil es, einmal angesponnen nimmermehr vergeht und, Meinem Seinstalent gemäss, sich universenweit verbreitet, um schlussends zutiefst beglückt im Numinosen aufzugehn.

7.19

Sehnst du dich nach Adlerschwingen, sieh Ich lasse sie dir wachsen in der Jenseitseuphorie die dich zutiefst ergriffen hat, um aus den Wirren deiner Zeit hinauszukommen. Es gilt für dich im Angesicht der Weltennöte nie in Pessimismus zu verfallen der den Fortschritt stören will den Ich seit Urzeiten mit bedeutendem Erfolg im Evolutionensinne praktiziere. Die grandios gefächerten Lebendigkeiten preschen sich, vom Weltgeschehen kaum berührt, durch die von Mir bestimmte Bahn, die lässt sich nie und nimmer korrumpieren.

Das Meisterwerk, dem Ich als gottbegnadeter Verwandlungskünstler unbeirrt obliege, trägt den Stempel innewohnender Gerechtigkeit und siebenseliger Geborgenheit im Sein und Leben. In der Hochheit Meiner geistigen Potenzen reiht sich ein Ereignis wohlgelungenen Entfaltens an das andere an, derweil Ich Mich in hocherhabnen Hintergründen auf der sichern Seite weiss seit Urgedenken.

Damit du's weisst: Dein Sein und Wesen ist seit jeher ohne jeden Abstrich in Mein geniales, seinsbewusstes, seelenvolles siebenfach von Mir geprüftes Planen einbezogen. Das ist von Mir auf's Trefflichste verbürgt derweil Ich in der tiefsten, von dir unergründlichsten Begründung dich Bin, unentrinnbar auf äonenlanger Fahrt ins fabelhafte Reüssieren. Du brauchst dich nur in Meine Lage zu versetzen um stante pede zu erkennen wie lohnend es für dich ist, Meinem Götterwillen anzuhangen um damit ohne jedes Wenn und Aber hell begeistert, seinsbewusst und heldenhaft in die glückseligmachenden Gefilde des Elysiums einzugehn.

7.20

Mein bist du im höheren Sinne auch wenn du's nicht wissen magst. Ich habe dich in Meine Weltenliebe einbezogen und verehre dir von Herzen was dir frommt in deinen anspruchsvollen Weltentagen. Du magst es glauben oder nicht, am Urbeginne gabs für alle Wesen ganz genau dieselbe Chance für das Leben. Ein jedes konnte sie nach seinem eignen Gusto nutzen in der Vielfalt der Gelegenheiten die ihm offen standen. Die Schicksalsuhr begann zu ticken und die Myriaden Charaktere formten sich von Inkarnation zu Inkarnation zu ihrer Eigenart hinan in der sie heute mit Mir *sind* und leben.

Betrachtest du dich selbst in dir und Mir und deinem Gegenüber so wie *Ich* es unternehme, beginnt die Solidarität mit allem was da *ist* und sich bekämpft, befreit, belächelt und begütet. Sie quillt aus dem was Ich Mir *Bin* und was Ich zu gestalten und verwalten habe. Die Welteneinheit fordert alle zu derselben Rücksichtnahme und Beweglichkeit heraus die schon den Gottbegnadetem wohl anstehn und die zu Einsicht, Wohlfahrt und Erbarmen führen. An dir ist es, dich so konziliant, vielschichtig und allmenschlich aufzuführen, dass dein Ansehn vor Mir träfen Gleichlaut und begeisternde Kontur gewinnt, die Ich noch so gern aufs Wohlgefälligste belohne.

Ich liebe es mit Pionieren durch die Welt zu ziehn die Meine Offenheit und Meinen Stil zutiefst begriffen und daraus ihren eigenen entwickelt haben. Das lässt dann die Rosen der Vereinigung erblühn zu einer Werkgemeinschaft von erheblicher Brillanz wie von sagenhafter Raffinesse, deren götterlichtem

Ursprung die Begabten strahlende Bewunderung zollen.

Du bist in deines Wesens Grund viel mehr als was du dir im besten Falle zu erträumen wagtest. Das kommt von der Bravour wie auch vom allgewandten Anteil den Ich an dir habe. Damit löst sich alles was verknorzt, unstimmig und verbissen bei dir war in Gottesminne auf und darf sich wahrhaft sehen lassen in der glückseligen Gilde der Verklärten.

7.21
Du sollst beständig wie auf Probe leben, bangend um dein Gotteswohl. Das ist die Basis die dich als Gesegneter von Meinen Gunsten in die Reiche der Begnadung und Beseligung erhebt. Ich lass Mich von dir finden mit dem Mittel reiner Sehnsucht die Ich fürsorglich und entschieden in dein Herz gelegt. Sehnsucht lässt an den Geliebten denken und öffnet ihm damit das Tor zu mehr und mehr Beziehungen im Felde der beglückenden Genügsamkeit am aufgeblühten Sinn des Lebens. So auch dein erwachendes Bestreben, Mir und Meinem Hofrat nah zu sein in allen Lebensdisziplinen, die Ich dir zur ständigen Ertüchtigung vor Herz und Sinn gelegt. Darüber hast nur du abschliessend zu befinden, doch soll es dir bewusst sein, dass dein Urteil letztlich über Lust und Unlust, Tunlichkeit und Abglitt ins Erbarmungswürdige entscheidet.

Energie und Wohlverstand sind dir von Mir gegeben um des Fortschritts Willen den Ich in dir wie im Allmenschlichen beständig generiere. Gar Manches sträubt sich noch dagegen und blockiert mit seinem Eigensinn das Werk der guten Werte das Ich voll Weisheit und Beharrlichkeit, All-Liebe und

Bewusstheit angestossen habe. Was soll am Ende noch mit dir geschehn? Übernimmst du das vermittelnde Gedankengut, das Ich mit sinnender Voraussicht vor dich hingelegt? Es führt dich zum vollendeten Ergeben in dein Schicksals Virtuosität im Pläneschmieden für dein Heil und für die Heiligung der Welt in der du etabliert und eingenistet bist. Deine Zukunft wird sich vom profanen Heute ungemein und gütestrahlend unterscheiden, weil sie dir Erlösung bringt von allem Ungebührlichen und dir die Stätte deines wahren Seins und Lebens, Sinns und Liebens friedevoll und satt von Wonne offenbart.

7.22

Keine Ahnung scheinst du von der Gotteswelt in dir zu tragen und kannst sie deshalb auch nicht kultivieren wie's in Meinem Reiche Brauch und Sitte wäre. Überirdisches ist für Mich wirklicher als all das illusorische Getuschel in dessen engen Grenzen du dich durch den Tag bewegst. Leutselig gehst du auf das Äusserliche, Festgefahrne ein und schenkst ihm eine Präferenz die alles in den Schatten stellt, was seine Gegenwart begründet und von innen her bewegt. Das aber Bin Ich in verehrungswürdiger Natürlichkeit und kräftevoller Majestät, um das sich alles dreht in wunderbar bestimmten Kreisen und Verfügungen, Seinsgesetzen und begeisternden Konglomeraten.

Was bedeutet dir der Tod? Für dich ist er ein radikaler Abschied von der Lebensszenerie, ein Ersterben dessen, was du in den Weltenaugen warst. Von Meiner Warte aus gesehn verlässt dein Wesen die Behausung, die ihm im Irdischen zur Offenbarung seiner selbst und seiner Ideale diente. Somit ist es unkorrekt von Tod zu reden; angemessen ist es zu erklären, dass Einer oder Eine ihr sterblich Teil verlassen hat um allsogleich ins Ewigkeitsbewusstsein einzugehn. Das aber Bin Ich als All-Einige und kapriziöse Kompetenz die *ist* und die in ihrer Fülle, Genialität und Liebenswürdigkeit vom wahren Leben was versteht. Es geht Mir darum das allmenschliche Bewusstsein sachte ans Erkennen seiner selbst als Sein an sich heranzuführen. Damit wird dann das Duale aufgehoben und das eine Göttliche erfindet sich im Menschlichen als Heimkehr ins beglückend Paradiesische wieder.

7.23
Nicht das Beliebige sondern das Besiegelte und Formvollendete kannst du von Mir erwarten, liebe Seele, auf der Gottheit Spuren. Was Ich vor dich hin drapiere ist das ausserordentlich Gefällige an sich, das sich als Weltenpracht und virulente Sonntagstracht erweist für jene die sich Meiner Art zu Sein auf's Intimste und Beseligendste angeschlossen haben.

Es heisst von dem der ewig will, dass er sich zuweilen wie ein kindleinfressender Moloch benehme. Das ist so, um dem Volk Respekt vor ihm in Fülle einzuflössen; doch Ich kann dir versichern, dass dies Schreckgespenst nur in den Köpfen etablierter Zauderer besteht. Vielmehr ist Mein Sein begütigend und hilfreich, abgeklärt und friedevoll wie nichts, so dass du ihm mit Zuversicht und ohne Furcht entgegengehen kannst. Auch hier gilt: Rauhe Schale, sanfter Kern der alles daran setzt um seine Schäflein zeitig und vollständig heimzuholen.

Der Methoden sind gar viele, doch nur eine zieht so richtig an um dich von dem was Ich dir Bin so recht zu überzeugen. Es ist die schiere Selbsterkenntnis die gepflegt wird durch Besinnlichkeit, Wahrhaftigkeit und Weihung ans Unendliche das sich in dir und um dich seelenvoll und ewig heiter präsentiert. Dein Feingefühl wird es verspüren und das Meine wird dir wie die Luft zum Atmen und das Weltenlicht zum Schauen ständig zur beglückenden Verfügung stehn.

7.24
Die allerletzte Station in deinem Leben, Lieben und Verseufzen werde Ich mit Meinem Banner der Allherrlichkeit und Geisteswürde zieren, um dich von dort zu Meinem Fürstenhofe heimzuführen. Der Gang wird zum Triumph des Lebens über das Vermodernde und offenbart dir Meine Stärke, Kühnheit und Unsterblichkeit in jeder Weise Meines Seinsbestehns.

Viele Lichter blinken auf und verschwinden alsbald wieder, doch dem Meinen ist All-Ewigkeit beschieden. Es ruht in sich und strahlt zugleich Im-sich-ins-All-Verströmen seine Schönheit, Unverletzlichkeit und warmgefühlte Liebe des Erhabenen wieder. Du darfst inmitten seines Glanzes frei und friedvoll, tief vertrauend und vertraut mit ihm durch dein verehrenswertes Schicksal schwadronieren. Wer sich des Lichts erinnert in den Geisteshöhn darf sich ins Sein gerettet fühlen, von dessen Steig und Pforte alles niederfliesst wes er bedarf um siebenselig, majestätisch und konstant in sich zu weilen.

Ich präsentiere alles Schickliche und Wohlgefällige auf allen Lebensstufen was als Vorbild dient für ein gottgewollten und geschmeidiges, plausibles und ereignisvolles Leben. Ihm wohnt die Reinheit der erlesnen Gottesfreunde inne in allen Disziplinen ihres Seins und Strebens.

Auch dir ist es vergönnt und zugesprochen, mitten in dem Kauderwelsch, Klamauk und Kehrab des profanen Daseins eine Wende zu vollziehn zum heiligmachenden Bewusstsein der vollkommen unversehrten, höchst mobilen, genialen und versierten Geisteshöhn, die dich in unwahrscheinlicher Barmherzigkeit und Nachsicht, Güte und Gerechtigkeit umgeben. Was sie dir antun ist auf was du zählen kannst und was sie dir erzählen ist an genuiner Echtheit, Liebenswürdigkeit, Besonnenheit und Würde nicht zu übertreffen.

7.25

Land in Sicht ist immer dort wo Ich Mein Zelt und Zeitenmass errichtet habe. Das darfst du ruhig, seinsbewusst und krisensicher jederzeit betreten um am Glücke Meiner Institutionen teilzunehmen. Schaffst du es dir mit Vertrauen und Geduld das Gute vorzustellen das dir frommt und dir entgegenkommt, so wirst du es auch haben. Mein Einfluss auf die Weltendinge ist enorm, denn sie verändern sich nach den Gedanken die die Menschen wie die Göttlichen von ihnen haben. Da ist es keine Farce, von dem Heil der Welt zu sprechen, das Ich Bin und das du Bist bei richtigem Verhalten nach den himmlischen Gesetzen deiner Wahl.

Manche mögen's wild und unbeständig. Das ist recht und schön, doch gerade dafür müssen sie in allem Ernst bis auf den letzten Heller zahlen. Die Herzensunruh kann nur mit erheblicher Gewissenhaftigkeit und Disziplin, mit Zuversicht, Ausdauer und perfekter Redlichkeit beglichen werden. Hast du endlich Ruh gefunden spürst du wie von Mir die reinsten Kräfte der gottseligen Vernunft und Würde zu dir strömen. Befriedung ist mit wunderbar verzierten Initialen in dein Herz geschrieben und wirkt und wirkt bis es im Glücke schwimmt das Ich ihm dargeboten.

Du brauchst dich Meiner wahrlich nicht zu schämen, denn es kann nichts Überragenderes, Urwüchsigeres und Kapitaleres als Mich und die devoten Geisterscharen um Mich geben. Sie sind die schlanken Riesenpfeiler die das Weltgewölbe tragen. Die Kapitelle aber sind die menschlichen Gemüter die das Gütige, Robuste und Beherrschte, Weise und Erhabene geschafft und in den Geistraum eingemittet haben.

Das ist die Lehre von dem Einzigartigen das jetzt und alle Zeit besteht und das die Seinsgelehrten sind, zutiefst vermählt, gestählt und aufgefrischt mit Meinen wonnevollen Wundergaben.

7.26

Adjudant von Meiner Güte und Beschaulichkeit, Faszination und Geisteswürde sollst du sein in Runden- wie in Krisenzeiten. Das stärkt dich und verschafft dir Kompetenz und Kraft die Lebensstürme tapfer sinngemäss, plausibel und respektvoll zu bestehn. Manch einer wäre froh, wenn ihm bei allem was da aufkommt und erledigt werden sollte jemand hilfreich und gekonnt mit Rat und Tat zur Seite stände. Gerade dies kann Ich dir zweifellos gewähren, wenn du nur bereit bist das vor dich Gelegte treulich zu erfüllen, Meinem Sinn gemäss, und nimmer deinem. Wenn du spurst vereinen sich die besten Geisteskräfte um dein Wesen und geleiten es voll Güte zur Erkenntnis der subtilen Hintergründe allen Lebens das Ich Bin und dem die weisesten und formidabelsten Gelehrten deiner Welt Bewunderung und Achtung zollen.

Hältst du dich an Mich so kann Ich alle deine Angelegenheiten fraglos auf die Spitze treiben des Erfolgs wie der Gewissheit, dass sie in des reinen Seins Gewissenhaftigkeit, Rendite, Zugkraft und Erbauung eingebettet sind von ewigem Bedeuten. Das ist dann schärferer Tobak als der den du bisher genossen und überzeugendere Seinsbelehrung als dir je von irgendwem zu Ohren kam.

Das Weltgetümmel scheint stets zuzunehmen, doch zur selben Zeit geschieht das Wunder, dass du immer selbstbewusster, ruhiger und heiterer einhergehst, deine Pflichten frei heraus erfüllend und auf Mich vertrauend in der Art der Weisen, die das Nötige und Segenspendende, Beglückende und Seinsgewandte allertiefst begriffen haben. Geläuterten Gemüts versiehst du was dir frommt und was dein Bewusstsein zu den Sternen trägt die Ich als Vater aller Dinge majestätisch, kunstvoll, sakrosankt und liebevoll bewohne.

Bist du clever zeigst du dich dem Himmel offen, dessen Ratschluss und Beförderer, Erbauer und Eroberer Ich Bin mit allen Konsequenzen die für dich daraus erstehn. Noch so viele mögen sich zu frommen Übungen, Gesängen und Lobpreisungen versammeln, solange sie nicht Meiner Gegenwart in ihnen fündig und bewusst geworden sind sind sie nicht Kinder des Verklärens.

Ich lasse alles Sich-Entfaltende in seiner Eigenart bestehn. Doch wenn es allzusehr von Meinen Zielen weg ins Unbeherrschte, Seelen- und Gedankenlose driftet, muss Ich seinen Irrlauf mit dem Hauch des Göttlichen Erbarmens überwehn. Niemand soll in seinem Eifer und Versuch zu Schaden kommen, denn auch recht verschlungne Wege führen schliesslich doch zu Meinem Ziel.

Anstand und Geduld sind deine besten Weggefährten die du nimmer von dir weisen sollst in deinen Niederungen. Sie sind Geliebte Meines Seins die sich der Welt vergeben, um sie in ihrem Gut- und Gnädigsein zu festigen und ihre Kinder auf den Weg der Tugend und Glückseligkeit zu führen.

Indem Ich dir des Wissens Glorie und Schmelz bedenkenlos und liebvoll übergebe, bist du wirklich mit dem Besten, was dir je geschehen kann, versehn und hast damit die Möglichkeit dich Stuf um Stufe bis zu höchsten Meistergraden und Errungenschaften hochzuheben. Mein Auftrieb seinssubtiler Art und Weise lässt dich schliesslich grandios und menschengöttlich werden. Dein All-Bewusstsein feiert sich in wunderbar geschliffnen Zügen, weil es sich als Meins erkannt hat in der Verschmelzung zweier brüderlichen Charaktere. Was du leistest ist wie immer schon von Mir getan und was dir zustösst ist von Meinem Weisesein zum strahlenden Erfolg getragen.

7.27

Mandolinenklänge führen deine Seele in die zierlichsten Verästelungen wo sie sich an ihrem Sein erfreuen kann und an der Gnade des Allhöchsten, der sie zu solcher Labsal selektierte. Willst du von Mir wissen woher Ich all die Informationen und Berichte, Schauungen und Verdikte habe, so kann Ich dir versichern: Sie kommen von Mir selbst in guten Treuen und bewussten Indikationen. Du magst das lässig oder spannend finden, Mir ist es aber stets daran gelegen tief Verwurzeltes in melodiöser Nonchalance gebührend darzulegen. Das hellt dein Sinnen auf und versieht es mit der Chance, deine Lebensdinge innig zu begreifen und damit auf der Erfüllung ihres Inhalts zu bestehn. Fällt dir schon das Horchen schwer, um wieviel mehr erst das Gehorchen das Ich dir als gottesweise Förderung mit auf den Lebensweg gegeben. Es scheint als müsstest du dir jeden Finger einzeln erst verbrennen, bis du deine Lektion gelernt hast und dich tadellos auf jenen Wegen hältst die Ich dir tunlich vorgelegt. Wann endlich kommst du an, wohin Ich dich durch schicksalsmässige Verflechtungen und Windungen geschickt und abgerichtet habe? Wie tief muss deines Herzens Beuge noch verletzt sein, bis es Meines Weistums sich erinnert und im Rahmen Meiner Weltgesetze handelt die da heissen: Redlichkeit, Vertrauen, Weltoffenheit, Barmherzigkeit und Gottesliebe. Traust du dir dies alles zu so ändert sich dein Sinn zum Allerbesten was dir je geschehen könnte und du wirst ein As in Sachen Freundschaft mit dem Ewigen im allbewusstem Schweigen. Du lässest Meinen Willen Vortritt halten und begibst dich damit ins Elysische, an dem dein hoffendes Gemüt unendlichen Gefallen findet.

7.28

Dein Sein und Leben nimmt brillantne Züge an, sowie du dich dazu entschlossen hast nur Mir und keinem andern zu gehören. Das heisst: Mein Wort ist dir Befehl und Meine Züge sind dir wohlvertraut in einer Schau von universenweit gefächerten Dimensionen. Ich schaue dich als eines wahren Menschen Ebenbild und Kapital, Gleichnis und geliebte Offenbarung an, an der Ich Mich aufs Wohlgefälligste versuchen und bewähren kann. Du bist Mein vaterländisches Idol von dem Ich Mir die allerwerteste und wunderbarste Resonanz erhoffe die Mein Hochgefühl bestätigt und aufs Trefflichste belebt.

Gespinnste gibt es bei Mir keine zu entfernen, weil Ich schlichtweg keine angesponnen habe. Die Prinzipien die Ich Mir vors Gewissen halte sind geläutert und gebührend reingerieben bis zum Gehtnichtmehr. Das ist Vollendung pur und wirkt sich wohlgefällig und geziemend aus im überird'schen Weltenleben.

Vollendung soll auch dein Bestreben sein soweit das Auge reicht in deinen biografischen Annalen. Ein Leben ohne Scham und falschen Ehrgeiz, Übersichtlichkeit und Treue zu dir selber ist dir dann beschieden und du wirst locker, kreativ und bis ins hohe Alter rüstig durch die Tage schreiten. Du begehrst nicht mehr als du in Freude, Anstand und Gefälligkeit verkraften kannst, damit der Sinn gewahrt bleibt und die Sinnlichkeit sich bestens mit dem Geistigen versteht, das Ich in dich gesenkt und inniglich mit Mir verbunden habe. Nichts Lautes wird dich mehr erschrecken oder irgendwie für sich gewinnen können, denn du bist auf feine, friedevolle Töne eingestimmt und erbaust dich ordentlich an ihnen. Du fühlst was Ich Bedeutendes an dir getan und überlässest dich dem Faktum, dass du gänzlich Mir gehörst und Meinem Seligsein im Wunderbaren.

7.29

Konstant und liebevoll sollst du in Meiner sagenhaften Geisteswelt dich fühlen, denn sie ist die Genuine und allein für dich Verbindliche die *ist* und die für alle Zeiten wahrhaft zählt in deinem Sein und Leben. Ich ernenne dich zum goldbetressten Seinsverlängerer von Meinen Gnaden, an dessen Fersen Ich Mich hefte um ihm ständig einzuflössen was ihm frommt in seinem buntgescheckten Erdentagen. Du bist Meiner liebenswerten Willkür unterworfen die dich stützt, befeuert, striegelt und mit anspruchsvollen Missionen massenweis versieht. Gelingt es dir dich unentwegt und königlich an Mich zu halten, wirst du selbstverständlich nur die allerbesten Resultate, Ränge und Beförderungen generieren. Das soll dich weder stolz noch eitel machen, sondern dankbar Mir und Meinen Dienern gegenüber die das ehrenwerte Spiel in Szene setzen vor dem Weltgefüge.

Was dir dein Verhalten einbringt, ist die Ernte Meiner Saaten, der Gewinst von Meiner Früchte vollgedrängtem Grossspalier. Mach dir keine Sorgen, denn es werden ständig mehr nach deinem Seinsvertrauen wie nach dem Geschick mit welchem du den Himmelssegen wohlgemut in deiner Welt verteilst, um viele Hungrige damit gebührend zu ernähren.

Ziehvater also Bin Ich und Ernährer du von ungezählten Seelen die sich hoffnungsvoll an deine grüne Seite drängen. Hab Ich dich schon so verwöhnt so verwöhne du die Freunde deines Herzens ebenso wie alle Fremden, welche deiner Hilfe unbedingt bedürfen.

Es ist ein einig Volk von strahlenden Geschwistern das Ich wohlbedacht, und seinsgeduldig im Äonenschritt kreiere. Deine Rädchen ticken ungeduldig und unwissend vor sich hin, derweil Mein urgewaltig aufgemachtes Räderwerk zufrieden brummt bei dem Aberauftrag den es kraftvoll und gekonnt verrichtet. Du bist mit der Pinzette eingesetzt in die bewundernswertesten, frontalsten und reellsten Zukkungen des Weltgetriebes akkurat um Meinen Willen durchzusetzen in glückseligmachender Manier.

7.30
Menschensinn ist zugleich Gottessinn in wunderbar verschlung'nen Zügen seitenlang im Buch der Weisheit das Ich deiner Lernbegierigkeit getreu und vielversprechend offenlege. Ohne Rückbesinnung und Erfahrung, Überlieferung und aufgeschriebner Rezeptur bliebe dir ein jeder Fortschritt jämmerlich versagt. Nicht nur in Schriften sondern weit beständiger in Meinem Weltgedächtnis ist so vieles aufbewahrt was einer ganzen Menschheit ohne weiteres zugute kommt, wenn sie nur geneigt ist sich die guten Gottesräte hinters Ohr zu schreiben, von wo sie flüsternd und begeisternd in den Menschenwillen übergehen.

Das Gedankenschöpfen aus Vergangenem hat den enormen Vorteil, dass nicht jeder Zug und Zwick durch bittere Erfahrung in dein Leben treten muss. Es wird von Mir an deine Klugheit appelliert die fähig ist das Weltgewissen umzusetzen um daraus enormen Nutzen und Gewinn zu ziehn. Das Grösste aber ist, dass dich das Memorieren wunderbarerweis auf Meine rosenrote Seite zieht derweil ja niemand sich bewusst ins Unglück stürzen will. Die Pläne für die Selbsterhaltung sind wie Flammenzeichen die vor deinem sinnenden Gemüte stillvergnügt ihr Licht verbreiten oder lodernd und befehlend vor dir auferstehn. Zeitgleich mischt sich in dein träges oder fulminierendes Gedankenleben auch das Meine um das Ganze aufzuwerten und ihm mehr als nur den letzten Schliff zu geben.

Meine Lehre ist der deinen vielfach überlegen, weil sie aus Unendlichkeiten zu dir niederströmt und von der Evolution durch Myriaden zehrt, die *ist*, und die in götterlichtem Glanz mit dir in eine Zukunft schreitet von Erhabenheit, begeisternder Aktivitität und glückbereitendem Verweilen.

Ludwig Weibel, geboren 1933
Lebt in CH-9200 Gossau/St.Gallen
Studienabschluss als Fernmeldetechniker
Schriftstellerische Berufung zur
"Philosophie des Seins" für vife Geister.
Erstellt elegante Graphiken mit einem
Pendel-Apparat. (Siehe Buchumschlag)
Homepage: www.das-sein.ch